我在行走中以文字怀念和感知家乡的温热与赠予。想必，大家对故乡的留恋与回望，温暖与感恩，心痛与祈愿，和我几乎一样吧！

——李新立

村野的温度

李新立 著

Cunye De Wendu

GUANGXI NORMAL UNIVERSITY PRESS

广西师范大学出版社

·桂林·

图书在版编目（CIP）数据

村野的温度 / 李新立著. —桂林：广西师范大学出版社，
2019.8

ISBN 978-7-5598-1847-8

Ⅰ. ①村… Ⅱ. ①李… Ⅲ. ①散文集－中国－当代
Ⅳ. ①I267

中国版本图书馆 CIP 数据核字（2019）第 116857 号

广西师范大学出版社出版发行

（广西桂林市五里店路 9 号　邮政编码：541004）

　　网址：http://www.bbtpress.com

出版人：张艺兵

全国新华书店经销

广西广大印务有限责任公司印刷

（桂林市临桂区秧塘工业园西城大道北侧广西师范大学出版社

集团有限公司创意产业园内　邮政编码：541199）

开本：787 mm × 1 092 mm　1/32

印张：9.375　　　字数：165 千字

2019 年 8 月第 1 版　　2019 年 8 月第 1 次印刷

定价：45.00 元

如发现印装质量问题，影响阅读，请与出版社发行部门联系调换。

目 录

/ 村野的歌唱/

屋檐的梦痕

母亲醒来，喊了声：「有野狐！」

我们打开木窗，齐声喊：「打野狐，打野狐——」野狐大概受到惊吓，蹿到了坡上，但不远去，直愣愣地瞅着我们。这家伙，星光下，两只眼睛贼亮。

/ 青瓦绿痕

任何时候看去，村庄里散乱的院落、院落里的房舍，与四围的景致搭配得浑然一体，没有雕琢的痕迹。起到色调过渡作用的，我认为是那些瓦，青瓦。它们被青的山，绿的树环合拥抱，就像是一种没有异议的必然，与白的雪霜、黄的土地、秃顶的树木站在一起，也浑然天成，宛若一幅人间水墨画卷。

而这，是在青瓦被一色的机制瓦、杂色的彩钢瓦占领后发现的，太晚了。

没错，我多次提到瓦窑坪，这是一个十分重要的地方，少了它肯定村庄不会更像村庄。几乎村庄里的所有的瓦，都是在这里生产的。

坪位于村庄的中心位置，平整宽大，有一条环形村道围绕着。照例有几棵柳树和杏树立在恰当的地方，不同的是，它们高大繁茂了许多，稍一留意，就能发现：它们生活在水源相对充裕的涝坝边。涝坝不大，却是积蓄生产青瓦用水的重要设施。瓦窑在坪下方，青砖砌成的烟囱，从窑的拱顶伸了上来，站在坪上，几乎看不见窑，而这个烟囱，就成了窑的标志。瓦窑坪，以前或许另有称呼的，时间久了，因为"瓦"，它的名称就固定了下来，就成了村庄的地理标志。

夏收前夕，是唯一可以用来生产青瓦的时间段，天是蓝的，气是热的，水是热的，土是热的，而一些劳力也能够抽出他用。一部分人准备收割的农具，一部分人准备烧瓦，一定要赶在秋季雨水来临之前，用以翻修队里的仓库、饲养场等大房，如有多余，可便宜出售，供民房修葺之用。

而似乎，仅仅用"火与土的产物"来说明青瓦的诞生，我觉得过于简单了些。

村南的沟，由东向西而去，那时的我不知道它的尽头。沟里产黏土，不是我成年后打工时所见的那种红土，而是红中带灰的那种，发霉了似的。土被运送到坪上，先铺开晾晒，由两个劳力用木杠拖了碌碡，进行初次碾碎，然后再将黏土一锨一锨翻起，堆积的过程中，把没有碾碎的粗颗粒自动分选出来。有一个类似于冲浪板的木制"揉子"，一尺多宽，一米多长，两端上翘，我很是好奇和喜欢，它简单却实用，主要用于粗粒的研磨。会有人站上去，踏在揉子的两端，挂了木棍作为平衡，双腿慢慢运动中，揉子也会按人的意思前进后退，左右挪动，那些粗土粒便再一次得以破碎。这些土，还要经过筛，将细土留下来，成为烧制青瓦的第一原料。这些细土，小山一样堆在坪的一隅，丰收的粮食一样。接下来要"醒土"，很快，有人在尖顶的位置挖出一个坑，几十桶水也就从坑里倒下去。土很细很密，水下渗很慢，站在坪的任何一个地方，都能听见水与土互相沉降的"滋滋"声。好，就这样让它过一夜吧。

　　天空就是一个巨大的钟表，鱼肚白的时候，天明鸟就像闹钟一样，躲在院外的树木间啁啾。承担烧制青瓦任务的人们不敢再多丢个盹儿，赶紧从炕上起来，揉一下眼睛出门。被水浸了一夜的土已经"泡醒"了，几把方头铁锹几乎同时插进小山的底部，把它从一侧翻向另一侧。醒了的泥土含水，每一锹的重量随着体力的下降而增加，因此，这样的劳动需要几个小时，差不多白云如瓦、接近中午时，这个工序才能完成。接下来要"炼泥"，十几个赤脚的人，围了一圈，由外朝里，把木制的大刨子砸进了摊开的泥中，随着有节奏的前进，双脚也在用力地踩踏着。如此反复几十遍，水分被土完全吸收，泥，就成了韧性极好的胶状。千锤百炼的红胶泥，才可用于制瓦。

一套模具一次只能制作四张瓦坯，筒形的模具里外两层，都刷上泥水，以防止胶泥粘连。摆好里面的一层，将胶泥糊了上去，才能套上外面的一层，然后五六位瓦匠双手边转动模具，边使劲"啪啪啪"地拍打，直到多余的胶泥和气泡被挤出，外面的一层套子紧密地合在一起。刮掉溢出的胶泥，他们就会把它摆放到一边去。做瓦时，不懂事的孩子们喜欢拍着手，整齐地说唱大家耳熟能详的童谣："啪啪啪，四页瓦，白雨来了泡垮塌。啪啪啪，四页瓦，白雨来了泡垮塌。"做瓦的大人们也不责怪，这些童谣，必是经一些大人口传，说童谣的也必有他们的孩子，更何况，童谣说明了一个真相：制作瓦坯最忌讳雷雨天气。大人们扔过来几块泥巴，我们会用这些泥巴捏出手枪，捏出饭碗，当然，也会把泥巴蹾成块状，用肘子在中间研出一个窝窝，然后举起来，窝口朝下摔到地上去，弄出爆竹般的声响。

经过晾晒的瓦坯，没有干透时，便被送到窑里，靠着窑壁分层摆放。砍回来的木柴堆在窑口待用。先是慢火，给瓦坯"出汗"，然后才用大火，否则就会爆裂、变形。窑口附近有许多不规则的破瓦，它们大多是爆裂或者变形的废瓦片。一窑瓦烧成、停火、降温、出窑，就被整齐地码放在围了墙的大棚里，好几天里，只要走近，就能感觉得到它们散发着热气。青瓦们并不是"青"的，而是灰白中透着些蓝，就像晴朗的天空突然罩了一层薄云。

一座房屋，先筑墙，再架檩，然后在檩条上摆大大小小的椽。椽上还要摆放细小的木条，这样，和好的泥才不会掉下去。而那些青瓦，就要坐在泥上，一页搀着一页，一排紧密地挨着一排，布满屋顶。瓦是怎样到屋顶的？不是被一筐一筐吊上去的，而是丢上去的——屋檐下站了一人，将近十页瓦端在手上，朝上一抛，灰蓝色的影子一闪，连声响都没有，就准确地落在屋顶上等待着的那人手上，千真万确，那简直就是耍杂技，让孩子们觉得神奇无比。

有了青瓦罩着，不论是冰雹、狂风、暴雨、大雪来袭，都让人有种坚不可摧的安全感。我特别喜欢夏天。北边的山口蹿出的灰云，渐次放大、厚重，天色暗了下去，狂风乍起，一棵靠近屋顶生长的杏树上的杏子掉落，叮叮当当的，在青瓦上跳舞，发出金属的脆响。雨点，似乎很重，先是几颗，在青瓦上"啪啪"地摔碎，接着，一串串的雨珠，发出哗哩哗啦的声音，与青瓦合奏似的。我趴在屋门口的门槛上，静静地看着雨的帘子从屋檐青瓦上滴落而下。白雨的时间一般不会太长，我知道，片刻后，西南方的天空一定会挂上一架虹桥。

最能与挂着几朵白云的天空相配的，自然数青瓦了。我多年奔波，觉得这世界上的苦和累，只有村庄能给我安慰。很多年里——那时我尚年轻力壮，逢夏收秋播，我必骑自行车，用上五个小时回家。沿途，我会经过数十个村庄，青瓦、土房不时会进入视线。但我知道，我家的村庄是最美的。站在一个山嶙，三山合抱的村庄，叫我忘记疲劳，而悠悠白云下的青瓦房，错落有致地摆开，会叫我放下所有的抱怨。

青瓦有石头的品质，也因为有雨水的浸润，成为一种坚硬的土壤。随便朝屋顶上一看，黄的红的小花、绿植，赫然在青瓦上摇荡。花，是在山坡地头随处可见的那种，绿植，肯定是榆树或者槐树的幼苗。它们生长在瓦缝里。一些种子，借助风的大手，四处飘荡，当风速减弱时，它们就会落在屋顶上，幸运者正好被卡在瓦缝里。鸟雀也是种子的传播者，它经过屋顶休息时，或许只是飞过屋顶时，拉了泡屎，种子就会落在屋顶上、瓦缝里。瓦缝里有土，经雨水浸润，它们便发芽，窜出一些色彩。受限于生长环境，它们的个头都不会高，甚至成活的时间也不会太长，但它们恰到好处地装扮了青瓦。

经年的青瓦，上面也会结一层土，准确地说，是瓦垢，这是现代机制的青瓦所没有的。机制的青瓦颜色光鲜，表面光滑，若有尘土落上去，一场雨水，哪怕是一场小雨，也会被冲刷掉。旧式青瓦粗糙，表面受潮时，便留下尘土沙粒，结成瓦垢。瓦垢太薄，许多植物不能附着生长，但苔藓能。大人们说不清楚，孩子们更说不清楚，青瓦上的苔藓是怎么滋生的，先是一撮，浅浅的一撮，几乎看不清的一坨，时间久了，颜色凝重了起来，青绿相间，与青瓦搭配，古朴得从汉朝走过来似的。

孩子们不知道它的名称，因为它长得太像当时商店里出售的烟丝，加上野雀也喜欢站在青瓦上啄食，大家就都叫它"野雀烟"。有人多次把它采摘下来，卷成烟卷，尝试着抽。尝试者有大人，也有小孩，我就是其中的一个。我家老宅主屋的方桌上，摆放了一个黄铜做的水烟瓶，也不知道是谁每天擦拭着它，让它散发着油亮的光。套在烟瓶上的筒状的烟盒里，永远放着黄色的烟丝，柔软，清香。父辈们从田地里回来，都要吸上一口。我最喜欢燃烧过的一疙瘩烟灰，轻轻地将烟管那么一弹，烟灰便自动跳出烟斗。而这，也就成了我尝试"野雀烟"的缘由。

村庄的一事一物都是美好的。燥热的夏季，树荫摇动着光影。田野里的蚂蚱不停地振翅。村庄的青瓦绿苔，青瓦绿苔上瞬时落下的几只野雀，映衬着瓦缝里的几朵指头大的小花，几缕幼小的绿植。村庄便宁静得旷远，人就清爽得能放下身体安睡。

青瓦似乎永远保持着本色，可绿苔的命运却由气候与季节掌控着。炎阳的暴晒下，青瓦因失去水分而变得干燥，绿苔由绿变黄、变白，如一撮烟灰，在风中飘零。这样的变化，忙于农事的人们，并不会放在心上。直到霜白了屋顶，大雪盖住了青瓦，有一天，东起的日头使气温倏然增高，屋顶的霜雪消融，顺着屋檐流下，而傍晚的气温又快速下降，将屋檐的雪水冰冻时，大家看到，那些吊着的冰凌棒里，犹如琥珀一样封存着一丝青绿，才恍然，青瓦上的绿苔已经随着日子远去。但季节的轮回依然如新，绿苔去了会来，来了又去，并不会因此而消失走过的痕迹。

旧的青瓦，即便是机制瓦诞生后，仍被村庄青睐。老房子翻新时，主要是更换一下快要腐朽的檩条、加固一下围墙，旧的青瓦如果没有破碎，仍得用上去。有一年，我家的旧房翻新时，我的主要任务是将旧青瓦上的尘垢除掉。我把水倒进大盆里，把青瓦放进去浸泡，然后用毛刷使劲擦拭。而我终于知道，有些努力是徒劳的——别想洗掉老瓦上的苔藓，它的血液以绿痕的方式，已经渗透于青瓦的肌理。

——就像现在看到光滑如镜的机制青瓦，怀念回不去的老村庄一样。

/ 河流的方向

　　流水这把刻刀，与山峦千百年的对抗中，硬是将那些连绵起伏的山脉一点一点切割开，让山峦在风吹日晒中日渐沧桑和瘦削。同时，它又把隐藏在山间的村庄打碎，于是，村庄才能够以河道、沟壑、山岗为自然分界线，有了中庄、程塬、童岔、流长等村庄的名称。和许多乡亲的手一样，粗看上去，这些河道、沟壑、山岗显得拙朴、粗糙，甚至雷同，但像指纹一样，没有哪一个是一模一样的。

　　泾水的旁边，六盘山之下，村庄被四围的山峰揽在怀中，婴儿一般安详。站在村庄的任何一个位置，都可以确认横亘于东边的山是最高的了。一座山，你可以以喜欢的物象命名，可以以一个美丽的传说命名，也可以以它拥有的方位命名，叫的时间长了，它就有了人一样的生命和与村庄一起厮守的感情。东边的虎山，因像伏在地上的一只虎而得名。山上长满了桃树、杏树、榆树和柳树，白的花，粉的花，绿的叶，绿的草，就是卧虎那五彩斑斓的皮肤。但我觉得这不是它名字的全部内涵，太平、吉祥才是它的真正寓意。这一切归功于先人们丰富的想象力，是先人们赋予了东山全部的活力。

初春时节，桃花、杏花相继开放，枯草吐青，候鸟归来，山村有了音乐般的美妙。父亲曾经在这个季节带我上山，他提着一把铁锨在前面走着，我空手跟在后面，直立的、弯曲的、纤细的山路被甩在下方，甚至看不见来路的踪迹。站在我家田地边的一棵杏树下，父亲叫我用力朝前看去。近处的、远处的山高高低低，无规则地拥挤、重叠，天际呈弧形搭在了远山上，和远方弥漫着的淡蓝色雾气融合。父亲不擅长讲故事，他说："山外不都是山，还有和山村不一样的城市。"他年轻的时候，随长辈们去了好多次山外，天还没有亮，顶着星光出发，回来时已经深夜，来来去去几百里，全靠双脚。我恍若看见一群身穿补丁衣服，头戴草帽，脚踏布鞋的乡亲，推着手推车，流着汗水，谈论着庄稼，踢踢踏踏走在山峦叠嶂间。他们是去购买盐、铧等生活和生产资料。他们中间，有我年轻的父亲。

从此，年少的我，便有了梦想。

表面上看，是流水将山峦和山峦间的村庄割裂，但是，流水并不忍心将它们打碎，它好像瓷器上的裂变，将整个村庄连在一起，只要打开地图，就可以看到许多交错的蓝色在一大片纸张上勾勒出的优美线条。这些流水，事实上都围绕着村庄。我的父亲当年就是沿着靠近村庄的河道、沟壑，穿过许多叫不上名字的村落，和太阳一道，从东朝西而去，那里有一座叫静宁的县城。他，他们，遇水阻拦时，又爬山行走。父亲一直坚信，顺着流水的方向，就能到达目的地。多年后，我也顺流水的方向行走过几次，但不知我是否沿着父亲当年行走的路线前进，但因为行走，便有了路，因为行走，那些羊肠小道，便畅通了起来。

　　我对家的怀念和眷恋，经常从河流开始，确切地说，是从村庄旁边的一条沟开始的。这条沟叫"西番沟"，大体呈直线延伸百里之遥，它和一条没有名字的沟互相交错，极像十字架，搭在上下几个村子里，将村庄划成几份，将我隔在村庄之外。然而，它和流水一样，连着每一个村庄，顺着沟行走，就会很容易地到达另一个村子。记得小时候，总会有行色匆匆的人问路，这时节，村子里的人挥着手说："你顺着这条沟往下走，第三个村庄就是。"虽然问路的人并不一定要从沟里走，但起码证明，它是村庄的地理标志。

和我的父亲曾经告诉我的一样，我也一再告诉女儿：大大小小的河流，其实都连接着村庄。有流水的地方，就有村庄。顺着流水前进，就会到达目的地。

我曾经顺着一条流水的方向，抵达了目的地。从村庄出发，朝北行进，穿过一座不大的山，进入一条深沟，它的水流汇入葫芦河的支流。我用三个小时的时间，借助自行车，连滚带爬地走完了全程。沟内的树木是常见的杨树、柳树，杂草如毯，灌木丛长势热烈而且执着。年长者曾经警告，不要在杂草茂密的地方行走，那下面或许是看不见的沼泽。沟里有一条细路，那是人们踩出来的，很有些经验主义的味道。细路之所以细，是因为它实在像粘在崖壁上的一根麻绳，走在这条路上，阴冷的湿气不时迎面袭来，像会突然从什么地方窜出的松鼠、小鸟。从沟口出来，眼前开阔了起来，流水已经进入了宽阔的河道，凤岭、沙塘、联财、神林、司桥这些村镇的名字和人一样，开始明亮了起来。过了司桥，上一座山，小城和目光撞了个正着。

不是所有的水都夹在山间。去年夏天，去一位朋友家的途中，与一条水相逢，它两边的山听见号令似的，后退几十里。横亘于眼前的这条水，应该是渭水的支流，从表面上看，七拐八弯的，似乎就是从远处的六盘山钻出来的。远处的六盘山逶逶迤迤，朦朦胧胧，上半部挨着湛蓝湛蓝的天，下半部浮在沉沉雾霭上，好像飘在空中。看的时间长了，眼前的这条水，也好像漂在空中。宽阔的河岸上，我信步几十米。几只羊在河岸上低头专心吃着草，样子如几块灰白色的石头。草不是那么丰茂，但一经水的冲洗，就有了鲜美的意思。这些草可能被它们啃过几十次甚至上千次了，但它们没有厌弃，就像我从来没有厌弃过我的山村一样。贫瘠却生生不息的地方，是快乐家园。我打量着羊，羊抬头看着我，样子显得沉着、安静、优雅。那只看我的羊"咩"了一声，若是人类，想必是在跟我打招呼："你也来两口？"

十三四岁的穿红运动衣的放羊女子，赤着脚蹲在河边，一双黑条绒做的鞋子放在一边。她似乎没有注意到我在看她，依然用手打捞着水花，水从她的手指缝中流出去，水就有了些婉约，有了些温顺。我说："怎么不把羊赶到草多的地方去放？"她抬起头羞涩地笑了，山里的风虽然吹红了她的双颊，但她的眼睛里没有一丝杂质："啥地方草多？是草原吗？"想必她，还有她的这些羊，顷刻之间飞到了辽阔的草原——净而远的蓝天，还有钻进云朵的悠悠牧歌。

不远处的几棵柳树，歪歪斜斜的，粗粗壮壮的，枝条低垂着，恍如用一种姿势守在河边的老人。水声潺潺，河道里没有一丝一缕的风，河水往前走着，可能把风带走了。往前走的水，还捕捉了阳光最美丽的部分，虽然是混浊的，却散射着红色、绿色、蓝色的光。看不清它有多深，河底的石头有多大，可从平缓流动着的姿势里感觉到，这就是一位饱经沧桑的人，表现出一种惊世骇俗的镇静，而内心世界却波涛汹涌。河上空的天蓝蓝的，偶有几朵云彩慢慢走过，一群鸟儿飞过去了，听不见啾啾声，一只鹰在盘旋着，影子在河滩上游走，倏地就不见了。河岸上显得旷远、悠静。

我脱下鞋，卷起裤管，把脚伸进水里，温热的水从身体漫过，感觉有许多鱼咬着我的脚心。流水冲不走影子。阳光把我的身影投在河水中，摇摇晃晃，水也站立不稳似的，摇摇晃晃。多年来，我在急急忙忙地寻找着什么。一转眼，时间水一样流去了，我不但没有找到，更没有留下些什么。我内心里升起莫名的恐慌。鱼，我是一条游走于河水中的鱼，河水是我的家，我在水中自由自在地游着，溅起的水花是我的歌声，水中大的、小的，有棱有角和圆润的石头是我的朋友。回头看见被水冲刷而成的河岸断层，白色的石头骨头一样，一层一层地堆积着。裸露的石头缝隙里，长着沙棘和野刺。我曾想，河水干涸之后，一场雷雨不期而至，洪水卷着泥沙覆盖了干涸的河床，岁经千年，我是否会成为一尊化石？

流水的柔顺可以把山峦切开，山峦的硬度可以把流水的方向改变。人们为了走捷径，往往要遇水架桥，逢山辟路，大地上便沟壑纵横，互相交错。村庄四周的山，虽然手挽手站在一起，但山峦上叫作壑岘的路口却常年行人不断，流水一样。我不知道这些路是哪年哪月开辟出来的，可最清楚的是，它们是村庄通向外界的必由之路。村北山嵝壑岘我多次通过。通常，回家的路线是，坐班车跨过一条叫甘渭的河，步行至店子壑岘，再穿过一条山庄的沟，又到了那个叫老庄的壑岘口。站在那里，可以看见绿树掩映的村庄，可以看见沟渠伸向村庄的腹地，可以看见一座院落及门前晃动的黄牛的影子——我的家。看见了家，就有一种身心松弛的感觉。

树木是村庄的物质构成部分，它也是大地的灵魂。一座山，可以没有一棵大树，但不能没有成片的小树或者灌木丛，有了这些，山就灵动了起来。几乎每个山嵝壑岘都长着至少一棵大树，可能是一棵柳树，也可能是一棵榆树，甚至一棵酸梨树，因为经常有山风从它的头顶掠过，它的皮肤便变得粗糙，皲裂，发黑，叶子小而且没有那种宝石般的绿色，枝丫伞一样散开，形成向下的姿势。山口鸟少，如果有，那就是老鹰，从山顶上冲起来，盘旋几圈，或者悬浮在空中静止片刻，再朝壑岘口俯冲下去。那个姿势，坚硬得像一块砸向大地的石头。

　　没有人能说得上，这些树是谁在哪年哪月种下去的，一些额头挂满皱纹的老人说，他很小的时候，曾经在树下歇过脚。或许是路过的鸟雀，仓促间丢下了带有一粒种子的粪便，但这种可能性不大，千真万确，没有多少小鸟喜欢这里的树，因为山口的风威猛透骨，鸟雀们不愿意在它的枝叶间栖息和停留。我揣测，是不是几个穿草鞋的行人，踩着雨后的泥泞，互相搀扶着艰难地爬上山嵊壑岈，在这里，他们借较为平坦的地势，对行程中的狼狈稍做整理，顿了顿脚，将鞋上带有种子的泥巴甩在了壑岈。他们走了，泥泞中的种子大多数干枯，只有几粒或者一粒在土地中顽强地发芽。

　　我享受过在它的树荫下歇脚的痛快。炎夏时节，我回家或者离家，浑身被汗水浸透时，最喜欢在树下乘凉，稍做小憩，让山风抚平旅途的疲劳。但不敢久留，富有经验的老人们告诉我，山口的风是把无形的刀，待长了会划伤身体。但是，一棵、两棵树在山嵊壑岈构成了一道温暖的风景。有时，我就想着，它或许应该是一位永远站立着的沧桑老人，目光永远关注着走出走进的人们。

/ 地理志

官　院

　　官院，在村子的中心，约四亩地大。官院的东边，很早以前有一座不大不小的庙，供奉着亲近乡村的山王爷、土地爷，他们是保佑村庄平安、丰收的神灵。后来"破四旧"时，庙被拆除，里面的神仙也被流放。借地理优势，人们便加修了几间房子，建成了村办学校。

　　教室和办公室均在北面，一间最大的房子做教室，坐着一、二年级共三十多名学生，一间最小的是办公室，坐着两名年龄都不到二十岁的老师。夏天的太阳从东山爬上来，照耀在学校的操场上时，大概就到早上八点多了。这个季节里，天气特别好，二年级的学生在教室里上课，一年级的就到操场上去，老师说，人口手，上中下，大小，左右，山田水，好好学习，天天向上，一个字写二十遍。学生们每人占一块地方，坐在热乎乎的地上，用从五号电池里面拆出来的碳芯，边念边写。天上的鸟飞来飞去，好奇地看着学生们，有时会把屎拉在谁的头上。我因为离家近，老想往家里跑，课间活动的时候，就跟老师撒谎说肚子疼，老师摸着我的头，笑着说："快去快回吧"。现在想来，他应该是我所接触的第一位懂心理学的老师。就是他手把手地教我们在田字格里写字，必须写得横平竖直，方方正正，和做人一样。后来，他应征入伍了，临走之前的几天里，他穿着统发的军装，面色红润，在学校操场上走来走去，显得兴奋又不安。

八十年代初期，由于师资不足，村学和距它三公里远的中心小学合并了。最初两三年里，一些孩子仍然喜欢去村学玩耍。下午放学后，他们不约而同地来到村学，把书包放到教室的台阶上，在操场上玩以前玩过的"顶牛""跳方"游戏，拖着腔调念"春天来了，风轻轻地吹着"，似乎尽情地玩耍和琅琅的读书声也是村庄的构成部分。临回家时，孩子们趴到废弃了的教室窗口朝里张望，教室里光线昏暗，发霉的气息让他们鼻子发酸。恍惚间，自己就伏在桌上看书写字，朗诵课文的声音从窗户穿出，飘浮在村庄的上空。二十多年后，他们不再是孩子了，村学或许已经在记忆中消失，而那些教室也在岁月的更替中，如同一位坚持站立着的人，慢慢衰老，最后在一场风雨中悄然倒下。

可是，官院仍然是官院。官院，秋夏时节，是村庄的麦场，一些人家的麦垛塔一样密密匝匝地立着；冬春，是庄稼人的仓库，院里攞着打碾过的麦草，老鼠在麦草中安家立业，成群的麻雀在寻找庄稼人赐予的麦粒，有时还有几只鸡悠闲自在地散步。村学的痕迹再也无法寻觅，但这里不缺少声音，腊月和正月，官院又是村子里的文化活动中心，"哐哩哐啷"的锣鼓声从天明响到天黑，排演的秦腔《游西湖》《铡美案》《大登殿》等一些乡亲们耳熟能详的戏剧，一直唱到二月二"龙抬头"，人们的情感也就在这些百看不厌的传统戏曲中更加朴素、真实。

在城市，一片空闲着的土地像一块不能放下的心病，每年都有因为土地权属而引发的争议和案件。在村庄，却没有谁去打过官院的主意。"官"即"公"，与"私"对立，官院，不是你家的，不是我家的，也不是他家的，而是大家的。官院就是集体活动的场所。乡亲们的心中，公私就是这么分明。

避风湾

顺着叫仙家洼子的梁向上，路呈丫字形分向两边，左边的一条分支，爬过一道山梁，伸向另一个村庄。我家的一些麦地，就在这个村子里，这叫作"插花地"，你中有我，我中有你，大家都是亲戚。沿右边的一条向上，就到了避风湾。避风湾好像一个蜷曲的胳膊，将好多风声拦截在山外，走进避风湾，几乎感觉不到有风掠过。避风湾里是成块的粮田，山顶上则全是苜蓿地。苜蓿开花时节，紫蓝色的花儿雾一样笼罩着山顶，逶迤、起伏、弥漫，人的眼睛里都是蓝色的，村子里也充盈着苜蓿的花香。上空"嘤嘤"飞来飞去的蜜蜂和人一道忙碌着，等待秋天的成熟。

避风湾里有几块地因为与坟和塔有关，就被叫作"塔儿坟"。但地里现在没有塔，塔在过去全被毁坏了。据额头上布满了皱纹的老人说，过去地里有很多样式各异的塔，塔下是坟。很久以前，有个地主半夜里梦见一位白胡子老头来借牛，声称要运几座石塔放到避风湾的几块平地里，地主醒来后，跑到牛棚里一看，牛浑身果然湿漉漉的，像是刚出过力的样子。天亮后，他又到地里一看，真的有数十座石塔摆放着。我不相信这种说法，但是，我的确见过这里的两座塔，一座是六角形的，三米多高，七层，石质不错，被搬运到生产队里的麦场里，人们在上面磨着镰、铁锨一类的农具（现在不知到哪里去了）；一座是圆球形的，七层，因石质绵软，派不上用场，被搬运到路边。民兵们搞实弹练习的时候，这个被拆得四分五裂的石塔，就成了他们的靶子。民兵训练的时候，周围都站了岗，封锁得很严实，不准其他人进去。大人们对这种场面司空见惯，孩子们焦急得不得了，走过来走过去的，盼望着他们快点结束训练，看站岗的人把执在手中的绿旗子一摇，就拼命往里面冲，去得早或者跑得快，能在那捡到"铜炮儿"（弹壳）。这一段时光里，避风湾里硝烟的味道十分浓烈，让人觉得刚发生过战争似的。

避风湾是个荒凉的地方。虽然这里种着队里的许多庄稼，但队长从不安排两三个人去这里劳动，一般都是成群的。孩子对避风湾的惧怕，全部来自大人的言传。据说，艳阳高照的中午，远远地，能听见避风湾里的风"呜呜"地低啸着，如婴儿哭啼，如大人抽咽，有时，还能听得见马蹄的声音。我对这个言传倒是深信不疑。有一次，我在避风湾的自留地里逗留的时间长了些，回家时恰值中午，果然听见了这种声音。起初好像有几个人在走动，紧接着有很多人排着队，踢踢踏踏而来，从山下走到山上，从山上走到山下。过了一会儿，又是群马拉着木制的笨重的车子逶迤而来，隆隆的声响叫人惧怕不已。对这种现象的解释比较多，有人说那是地下的流水或者岩浆活动时发出的声音；也有人说是因为中午十分静寂，加上避风湾特殊的地理条件，将远方的声音吸纳了进来；还有人说，过去，这里是几个游牧部落争夺的地方，当时正好他们路过这里，而夏季的中午又正好是雷电活跃的高峰期，他们行进的声音被录制了下来。我觉得这些说法都不无道理。

事实上，这里的确属于游牧民族活动地域，这些坟，或者应该叫作"鞑坟"，塔不过是个标记而已。我有时想，一个游牧民族选择避风湾做坟地，抑或，他们真的走累了，只渴望在长眠地下时，能够避开所有的"风"，拥有另一个安静的世界。可是，纷扰的世俗，能让逝者逃避践踏和破坏吗？！没有绝对能够避风的港湾。

长路咀

村子的南边，是长路咀，也是村子的尽头。从外面来的人，走进长路咀，就算走进了村庄。长路咀下面是一条沟，跨过去，又是另一个村庄。长路咀，是送亲人上长路的地方，那条沟，将他们隔在两端。亲人远行，一般都在天刚亮，甚至，连天明鸟还没有叫，一家人都在这时起来了，他们都要去为亲人送行，甚至，连久病在炕上的老人也能翻起身来。一年四季，有许多青年后生，在这里和亲人依依惜别，说过几十遍的话，在这里还要再说一遍，平日里的重复和唠叨，在长路咀却是殷殷关切，送行的和被送的，往往泪如雨下。被送的亲人走了，送行的人却一直站着，一直站到看不见了还在站着。长路咀上的几棵树下，常站着一位或几位老人。如果是一位，他必定拄着棍子，一动也不动，静得像一棵树。如果是几位老人，虽然一起说着话，但他们心不在焉，话不对题。他，他们，在盼远行的儿女和子孙回来。亲人永远走不出亲人的视线，走不出牵挂的心。

命中注定，我是要流浪的，二十多年前的一个初春，我丢下书包，要走出村庄去外面闯荡，母亲却固执地认为，那是离开了亲人和家乡去孤独地流浪。她背着我暗自流泪："一个娃娃，离开了家，不晓得日子咋过哩。"母亲也送我到长路咀，眼泪吧嗒吧嗒流了下来，滴到泥土里。我虽然没有回头，但我听见了母亲的眼泪落下的声音。我走远了，还听见母亲说："娃，混好混瞎不要紧，但你一定要好好儿地回来。"长路咀下面的沟坡上，我走时，长满了野草。我回来时，长满了紫花苜蓿。

实行生产责任制时节，队里分给我家一片杨树林，就在那沟坡上。我家从来没有树林，母亲捡了宝贝似的，逢人就高兴地说："林子里的树长得好啊，再过两年就能当椽了。"真的，我家的一排瓦房顶已经深陷了下去，一场大风就可以掀翻，我们很需要这些东西。在多半年的时光里，一有空闲，母亲就去沟坡，看看属于我家的那片树，好像那些杨树也是她的孩子。很快入冬了，沟坡上的草枯萎了，树叶掉光了，一场小雪之后，沟坡上显得灰蒙蒙的。一天清晨，母亲又去了沟坡，快中午时，她吃力地拖着些树梢回来了，那神情像失去了什么。母亲把那些树梢扔在院子里，站在屋檐下，十分惋惜地说："为啥就不能再等上一年呢？过上一年，才是好椽呢。"长路咀上的树叫人偷光了。事实上，沟坡上几户人家的树，一夜之间几乎全被偷光了，它们痛苦地躺在另一户人家的院子里，准备修房或者出售。近一个月时间里，村子里好多人都在诅咒坏了良心的贼，但母亲没有。对于沟坡上那块没有了树的土地，她很果断地说："种些苜蓿吧。"正月里，沟坡上的土地还处在冰冻之中，是母亲用锄头唤醒了它们。农历二月二过后，母亲便在那片原来生长杨树的地方，撒下了苜蓿籽。又过了十几天，我家的地里先是一片嫩黄，之后变成一片绿色，在长路咀上显得十分显眼。这是一片率先绽放出花朵的草地，也是一片和人亲近的草地。夏季，那些花儿，紫蓝色的花儿，把大半个沟坡染成了蓝色，使长路咀蒙上了一层淡淡的蓝，雾一样在空气里浮动着。花的香，青草的香，构成了这个夏天的全部印象。有时候，我还矫情地想，是母亲留下了那个夏天。

长路咀连接着我和村庄，以及母亲。今年六月份，我带着女儿回家，一场雨后，沟坡上的青草、野菊，不时让女儿发出一声声惊叹，她的手上攥满了掐下来的花朵。那些一跳一跳的尾巴还没有蜕尽的小青蛙，叫她兴奋得喊个不停。我带女儿回家，是为了认识去山村的路，我担心在我这一辈之后，生活在城里的农村人会忘记了山村。在这里，我们先看到了苜蓿地。女儿面对一片蓝色，惊讶地张大了嘴巴，要扑过去拥抱似的："好美啊！"几天后，我要带着女儿离开母亲了。我牵着女儿的手走出门时，母亲也背上背篓，拿上镰刀，随我出门。我说："妈，你要做啥去？"母亲说："去长路咀割苜蓿喂牛。"我心里明白，她不是去割草，而是送我们父女俩。我过了沟坡，回过头，母亲就站在长路咀上，朝我这边张望。这时节，苜蓿花开得正好，我的眼里蒙着一层蓝。

长路咀其实是村庄的灞桥，是母亲的长亭。

弯　路

一直没有弄明白，分明是一条比较直的路，为什么要叫作弯路呢？从我家出去，朝北走三五十米，是过去烧瓦用的坪地，现在叫瓦窑坪。再朝北走三五十米远，就上了弯路。弯路是一条能走下一辆汽车的大道，直直伸向北边，最后呈放射性分出几条小道，这些小道通向一些田地或者另一个村庄。除了学校，位于弯路的一块名叫"针插儿"的苜蓿地，是孩子们常去的地方。盛夏时候，苜蓿地里蚂蚱、蛐蛐们的叫声此起彼伏。中午放学，我和要好的伙伴不急着回家，直奔苜蓿地，打埋伏似的，悄悄地潜伏起来，等着蚂蚱叫起来。捉来的蚂蚱，放在用麦秆编成的笼子里面，挂在屋檐下，用青菜叶子或者南瓜花儿养着。中午和晚上，正当人们入睡时，它们就会"蝈蝈蝈"地叫起来。特别是有月亮的晚上，月光和轻风一道飞扬着，弥漫着，拂得院子周围的树叶发出"唰唰"的声响。它们的叫声使这个夜晚显得更加宁静安详。

那个年月，没有开花的苜蓿不仅可以使牲口们力气充足，也可以养活人，好多人家把苜蓿煮熟了，兑上少许面粉，烙成菜饼子充饥。因此，队里对苜蓿地的管理是十分严格的，不亚于对果园、麦田的管理。基于这一点，孩子们的理解是，背着护田员捉蚂蚱尚可，但在苜蓿地里胡折腾，或者去偷拔苜蓿，却是万万不行的。雷雨过后，苜蓿地里会奇迹般地冒出朵朵白白的蘑菇，还有一种我们称为"小蒜"的野菜。这些山珍，采回去后，用胡麻油炒出来，比肉还好吃。苜蓿地里还隐藏着一些马蜂巢，牲畜常被蜇得四处乱窜，有时在狂奔的过程中摔伤致死。这些马蜂，不仅危害牲畜，还危害人类，于是，它们成了大家的敌人，也就成了孩子们攻击的目标。当然，孩子们是在白天探好马蜂巢后，晚上悄悄行动，因为晚上护田员基本回家了，另外，到了晚上，马蜂就是瞎子，不容易蜇到大家。孩子们提前准备好稀泥，到了巢附近，把稀泥迅速堆到巢口，赶紧撤退，便算是顺利结束了战斗，出不了几天，这些毒虫们会被憋死在洞里。很多孩子都吃过马蜂的亏，我也不例外，有一天捉蚂蚱时，不小心遇上了马蜂的巢，一下子冲过来好几只，我慌乱逃窜，还是被一只家伙在眼睛附近蜇了一下，脸青肿得跟发过的高粱面一样。护田员拎着我的胳膊，来到我家门口，十分生气地对我母亲说："你可要管好娃娃，再跑到苜蓿地里，我可要给队上汇报，后果你负责去！"母亲便再不允许我去苜蓿地。我对队里的护田员的态度耿耿于怀，不就是个苜蓿地嘛，不让去就不去吧，还动不动要报告给队长，扣母亲的工分。但母亲却说，咱庄农人性子直，却安了一副好心肠。那时不理解母亲的话，现在想来，还是母亲说得对。他们不是怕孩子们践踏了苜蓿，苜蓿地里不仅马蜂多，蛇也很多，他们实在担心孩子们被毒物伤害。

当我寄居在小城的一间小屋，想起弯路上的这些情景时，心情难免有些激动，人生的经验只有在回想中才得以总结和归纳。当初，我的祖先们对一条路命名时，或许也渗入了他们对人生的一种态度，大概是因路太直，才把它叫作"弯路"吧。

乡亲们是最朴素的哲学家。

/ 院落记

屋檐下

　　想必拥有遮风避雨之所，生活就美好了起来。我家东西走向的一排房子，土墙青瓦，低矮简陋，但我打小从内心里就明白这是家。比如雷雨来临，狂风卷起黄尘，从北山口涌入村庄，和压得几乎接近山顶的黑云汇合，将原本明净的世界包裹起来时，我会躲进屋内，趴在窗前，透过裱糊在木格子窗眼上那业已破烂的麻纸，紧盯着外面的世界。风停下来，雨就会接踵而至。拇指大的雨滴，跌碎在院子里时，就有几只麻雀，飘零的杨树叶子一样，摇摇晃晃地扑进屋檐。屋檐下椽子与椽子间的空隙，有它们的巢，它们在巢边整理被雨水打湿的羽毛，偶尔啁啾几声。

哪里有人家，哪里就有麻雀，哪里有屋檐，哪里就有它们的巢。麻雀在屋檐下安家，生育繁衍，和人一样香火不断。羽毛未丰的小东西，永远一副饥肠辘辘的样子，把秃头伸出巢外，张开还没有长坚硬的喙，等待母亲捕来的虫子。事实上，屋檐给很多弱小的动物一个家，一份温暖。在屋檐下安家的，还有细腰蜂——因它们的颜色类似于麻子，我们弟兄通常把它叫作麻子蜂。夏天是屋檐下最热闹的季节，起初是一只两只细腰蜂在屋檐下绕来绕去，像个偶尔路过的客人，后来是五只六只，嗡嗡嘤嘤。仔细搜索，方知这些家伙已经依着一根椽子安家。原来，最初看见的那一两只，是踩点的前锋。它们的巢，刚开始只有桃核大小，等深秋来临，它们离去时，已经筑得像倒挂着的小碗一样大了。母亲经常警告我们，麻子蜂是惹不起的东西，毒性不比黄蜂差，所以我们弟兄对它们一直敬而远之。蜂巢可以入药，据说有清火败毒的功效，因此，有时看见别人家的柜子上搁着一块蜂巢，就不觉得奇怪了。

夏天的夜晚，尤其是有月亮的夜晚，空气清爽，大地安详。我们弟兄喜欢坐在屋檐下吃饭，月亮映照在碗中的清汤里，我们更喜欢一口一口将月亮吸进嘴巴。大约这时，麻子蜂枕着辛劳入睡，麻雀偶尔在巢里扑棱几下。表面上看，夜色静谧，但屋檐下并不平静。指头蛋大的蜘蛛，不知在什么时候，把一张天罗地网悄然张开，那网罗，随月影的晃动而晶晶发亮。习惯晚上游走的蛾子、蚊子，不幸触网，几乎连挣扎的机会都没有，而蜘蛛伏在网罗的一端，一动不动，懒得理睬这些小收获，以至于让人疑心它已经死了。当一只甲虫撞到网上时，就会掀起小小的波澜，如果蜘蛛不能迅速将撞网者缠个结实的话，甲虫就会挣脱逃走，有时还会把网弄一个大洞。

屋檐下有我们弟兄挂上去的东西。比如蚂蚱笼子。蚂蚱是我们从苜蓿地里捉来的，深夜，大地沉寂，这些家伙趴在笼子里的青菜叶子上，开始振翅欢呼。这种极有节奏的声音，使夜显得十分宁静安详，我们便在小夜曲中香甜睡去。屋檐下还有母亲挂上去的食物，如风干了的萝卜和一小块腊肉，这是我们正月里的美食。食物虽然不多，但它们能够帮一家人度过艰难日子，使春节有了幸福的滋味。

现在回想起屋檐，我的内心充满温暖和感动。

花　园

我可以用五彩缤纷来形容我家的花园。

院子的南边，有三间房子大小的空地，那是准备修房子用的，因长期闲置着，使院子好像缺了什么。七十年代初，水利工程专业队撤走时，顺手丢下了一些柏树苗子，苗子瘦弱，几近干枯。我和兄长把它们当柴火捡了回来，在靠着南墙的地方种了三棵，没有想到，它们见到了土地和充足的水分，竟然成活了。父亲很高兴，又栽下了一棵桃树和一棵沙枣树，于是，院子一年四季有了新气象。春夏之交，那棵桃树虽然不见果实，但粉红色的花朵一串一串的，晃着人的眼睛。而那棵枣树，端午节前后，火柴头大的花朵，散发出蜜一样的香味，半个月时间里，村庄笼罩在香的气息中，这棵树，一两年中，以最快的速度，将枝条分给了许多乡亲，生长在他们的门前屋后。那几棵柏树，春节时，我们在它的枝条上挂上红的彩条纸，风中摇曳着，很有些绿肥红瘦的味道。

这只是花园的雏形。数年后的一个春天，父亲用砖块、青瓦、酒瓶，砌起了一道两尺多高的矮墙，将院子里的这些树木围了起来，这片空地就变成了花园。我们将土地翻了一番，撒上一把的种子和半把南瓜种子。一场细雨，一场暖风，种子发芽。月光如水的深夜，梦中能听见它们探出土面的声音，喧闹而有序。它们疯长，半月后就有一尺多高，但看不出那是什么花。花开了，小黄菊、金盏花密密匝匝挤在一起，将南瓜花覆盖在了下面。有了这样的花园，我家的公鸡也喜欢去散步，尤其是鸟雀们，喜欢到院子的南墙头上休憩，鸟粪落下来，掉在墙根，其中的草籽，也借机发芽生根，盛夏时节，南墙根就有了一簇一簇的紫花苜蓿。

我一直认为，紫花苜蓿是蚂蚱的家园，花朵和雨露是蚂蚱的美餐。有了花园，我觉得应该把挂在屋檐下的蚂蚱放到花园中去。放回花园的蚂蚱，蹦跳几下，很快不见了踪影，还好，许多天里，它们在中午或者晚上，先是其中的一个鸣叫一下，然后几个响应了。它们的欢娱，我也能感觉到。可是，这种好景并不长，一个中午，没有听见它们鸣叫，到了晚上，还是没有听见它们的声音！夏天应该是它们最活跃的时期，我们便觉得有些异样。

是的，一直到了中秋，也没有听见它们的振翅声。我和兄长分析，结果有两个，一个是它们集体离开，一个是它们全部死亡。但花园里有它们需要的食物和雨露，集体离开好像情理不通。那么，就是全部死亡了，可我和兄长仔细寻找过，园子里并没有它们的尸体啊。谜！有天中午，我和兄长坐在屋檐下写作业时，似乎找到了答案：我家的那只公鸡，在花园墙上踱步，不时朝着园子里的什么东西伸一下脖子，咕咕叫几下，样子傲慢、警惕。于是，我和兄长朝公鸡扑了过去!

可是，罪魁祸首只是这只公鸡吗？一场秋雨后，我几乎要淡忘这件事情时，从花园里跳出来了两只茶杯大小的蛤蟆。它们的出现，使我灵机一动：这家伙也应该是凶手之一吧！墙根的那些紫花苜蓿里，隐藏着蛤蟆出没的洞穴。它们生活在院落里，想必也享受着人间的温暖，因为，花园里有它们需要的粮食——出没于花草间的昆虫。

窖

窖是设在院子里的储藏室，想起来让人暖融融的。

村子里，家家户户都有一眼或者两眼窖。我家门前的一小块空地里，有一眼窖，一米的口径，深两米左右，专门储藏萝卜。地里的萝卜收回来，拳头大小的，洗净，切片儿，用细麻线绳子串起来，挂在树上或屋檐下风干，供青黄不接时节果腹。那些个夜晚，我常能听见大针穿过萝卜片儿的脆嫩声响，早上醒来，成串成串的萝卜放满了一只大箩筐，那是母亲守在煤油灯下，熬到半夜做成的活计。而那些个儿大的萝卜，便存放在门前的窖里，一层一层摆齐，用黄土深埋了。冬天的雪花封住了萝卜窖口，那些土层，好比给萝卜穿上了过冬的棉袄，待需用时，把它们扒出来，也不见冻伤，新鲜如初。

大窖在院子的东北角，也是一米口径，深四米多，内部如葫芦状，储藏着一年的几千斤洋芋，几十棵白菜和一小捆大葱，非比寻常。它们都是生活中不可缺少的粮食和种子。这些东西，都是秋天大地的回馈，虽然不多，却让人感觉内心温暖，日子踏实。第一场霜落下来时，大地清爽，颗粒归仓，那些从地里运回家的洋芋，堆在院子里，一个阳光普照的下午，母亲和我们弟兄把大个儿的一一挑拣出来，和几棵白菜、一捆大葱，同时存放到窖里。第一场大雪来临时，父亲用拧好的几根草绳，捆扎起几捆麦草，把窖口封了，北风扬雪的日子，窖里便保持了一定的温度。这些粮食，这些种子，就在温暖中安然无事。

记忆的深处，窖里的那些白菜、大葱，都是准备给亲戚的美味，我们一般只有在过年的三两天里才能吃上一点儿，如大年初一。这天上午，按乡俗，家家户户都要吃一碗寓意长久平安的长面。母亲一大早就钻进厨房，准备搁置长面的清汤。铁锅里的少许清油，将一把葱花煎得"呲呲"作响，葱香从厨房飘浮而出，那种久违了的香味，直扑几近丧失敏感的鼻孔，让人觉得这个春节是多么幸福愉快。至于洋芋，农历二月二才过，种植洋芋的时节马上到了，我们下窖，将那些个头大、芽口好的捡上来，堆在房间里。有几个夜晚，母亲借着月光，有所选择地把洋芋的胚芽用刃子切下来，作为种子存放在一边。有那么一天，我们在自留地里，用铁锹挖些小坑，把这些洋芋种子埋下去。余在窖里的洋芋，哪怕它们发芽、脱水，我们也要吃到这年秋天。

我得说的是，窖也是可供玩耍的地方。那时，我们弟兄打发无聊时光的主要方法是邀约伙伴，在山上三五成群玩战斗游戏，或者去沟里堵一泓水嬉闹。在家里，就只能玩捉迷藏。院落，几乎所有的地方都被我藏遍，哪怕是藏在一只大背篓下，也会被他们找到。于是，我第一次钻到窖里，虽然里面的气息让人难以忍受，但兄长们无论如何也想不到这个地方。在他们索然无味时，我也会因无趣而自觉地爬出来。

当然，至今也没有告诉他们，我当时藏在窖里。

后　院

后院很小，宽不足三米，所以修建得极为简单。但它是院落的构成部分。东北角，有一间小屋，里面存放着锄头、铁锨、耱等农具。还堆放着寸长的干草，这是黄牛的食物。干草旁边扔着一只背篓，这是给黄牛添完草后，随便扔在那里的。阳光从小窗子透进去，小屋里的光斑和阴影形成鲜明对比，让人觉得很有画面感。

东南角，是牛圈。实行联产承包制那年，队里分下来一头小牛，目光浑浊，毛色灰暗，一副病恹恹的样子。半年里，给它喂了不少玉米面，仍不见起色，便牵到集市上卖了，又买回了一头黄牛。三十年过去了，牛圈里的牛换过几茬，但它们都享受着人类给它们的关怀。母亲说，牛是农本，大约是农业之本，或者农民生活之本的意思，可见我们对耕牛的尊重。春秋两季，是黄牛最辛苦的时节，半夜时分，听见后院的门"吱呕"响上一声，那一定是母亲去给黄牛添加草料，草料中必然和了不少玉米面。农闲时分，黄牛常被牵出圈外，夏天去乘凉，冬天去享受日光。这时节，大哥经常用一把毛刷，仔细刷洗黄牛身上的泥土，黄牛神情安详、幸福。至于我，多次牵它去沟里饮水。我喜欢黄牛喝水时的气度，它前腿稍稍分开，将嘴搭在水边，只一下，泉水就会下去半截。后来想，牛这一嘴，不是喝，而是吸，显得壮观，甚至过瘾。

后院依着东山坡。父亲是喜欢植树的人，二十多年前，他在我家的院前屋后，种下了不少树木。那些日子里，我经常能够看见他拿着铁锹，在坡上劳作的身影。坡上那些长得齐整的柳树，就是父亲栽上去的，这些柳树，如今已经有碗口粗了。坡上还有槐树、榆树以及杂草，夏天，郁郁葱葱一片，给院落增添了许多清凉。因此，我们弟兄喜欢在这里念书，喜欢把柳树的细枝条折下来，编织成粗糙的帽子，顶在头上，在上学的路上晃悠。

这样一个地方，肯定有虫子、老鼠出没，不然，就不会有别人家的鸡在坡上散步，也就不会有几只猫耐心地守候。除了鸡和猫，还有别的动物偶尔也出没于坡上。我家的几只鸡，如果管理不严，就会窜到院子里摆来摆去，一副悠然自得的样子，粪便拉到院子里，也装作若无其事。所以，后院应该是它们最好的去处。鸡舍借着地势，在坡上掏了个洞，洞口用木格子堵了，晚上，它们挤在一起取暖、梦呓。一个安静得让人无法入睡的深夜，鸡们突然骚动了起来，发出恐惧、不安的惊叫。母亲醒来，喊了声："有野狐！"我们打开木窗，齐声喊："打野狐，打野狐——"野狐大概受到惊吓，蹿到了坡上，但不远去，直愣愣地瞅着我们。这家伙，星光下，两只眼睛贼亮。

院　墙

院墙应该是院落的标志，有了墙就有了院落，家就有了安全感。

我家的院落是一九七八年筑成的。一九七六年，我们一家从老宅分了出来，暂时居住在生产队的养猪场里。记忆中的养猪场很大，院墙很高，但难以挡住狼的侵犯，常在深夜时分，传来猪的尖叫，让人十分害怕。一九七八年，我在小学念书，听说队里给我们划分了宅基地，和父亲母亲一样高兴了好长时间。毕竟，我们弟兄可以告别让人恐惧的养猪场。

新院落的院墙是生产队派人打起来的，采用了传统的夯筑法：用一样粗细的木椽，上面的一层黄土夯实了，下面的两根椽再挪到上面去。一年后，院墙上长出了青草，麻雀喜欢在墙头落脚，经常为什么问题争吵。墙头上的麻雀，不是几只，而是一群，很难数清。在家乡，大家把麻雀叫"家雀"，大约是它们与院落有着太紧密的关系吧，比如，它们喜欢在屋檐下安家，尤其是它们出窝后，先去墙头很安静地待着，偏着小脑袋看着院子里的动静，发现我的母亲将糜谷撒在院子里喂鸡时，它们会一哄而下，与鸡共享美食。

趴在热烘烘的土炕上，我喜欢把目光透过窗户，朝向院墙上那些长不大的粮食。那可能是麻雀们随处大便留下的种子，有幸在风雨和阳光普照中成活。那时，我没有问过一个更深层的问题：在我们筑起土墙时，是不是在土中撒下了粮食和杂草的种子？我不会问的，一直不问。我宁愿那些种子是人们有意撒下去的——让粮食和自然界的杂草做墙，日子充实，人间幸福。

/ 时光之梦

我所说的一切，都与水有关。

现在，我们看到村子四围的山头，仿佛六盘山逶迤而去时甩下的残渣，缺石少树，土质疏松。若说没有树木，是有些过分。宜于西北生长的杏树和桃树，还有皮肤粗糙的柳树，东一棵西一棵的，把根伸进松软的土壤，紧张地寻找水分。

春秋时节的雨，使村庄到处变得泥泞，加上枯草和驴粪的气息，一切腐烂一般。但这大概是土壤积蓄水分的最佳机会，所有的植物，拼足了劲，把根向下，向下。雷雨多发的夏天，暴雨在闪电的鼓动下，铺天盖地而来，虽然可能只有几分钟，但山洪如千军万马怒吼，浑浊的流水四处弥漫，其中裹着泥土、草木以及麻雀的尸体。村子里的一些人，躲在屋子里，但不得安闲，担心洪水冲垮了什么地方。而更多的人，头顶一只塑料编织袋，提着锨，赤着脚，钻进雨幕，把恣意漫流的浑水引进田地。我家的屋檐下，摆放了两只木桶、几只脸盆，顺瓦沟流下的浊水，落在这些容器里时，发出的乱七八糟的声响，令人心烦。雨过天晴，这些盛在容器里的雨水，经过沉淀，清水可用来洗衣，浊水则浇到树下去。

这些迹象不是证明少雨，而是说明村庄真的缺水。

废弃了的养猪场的墙壁上，至今还残留着"工业学大庆，农业学大寨"和"水利是农业的命脉"的标语字样。那个时期，引水是村庄的最基本任务之一。谁也没有注意，是什么时候、是什么人完成了对水渠的勘察。春季的某一天，水利专业队开进村庄，沉寂多年的东山热闹了起来，他们把红旗插遍了山梁，把架子车摆满了山下，一派战天斗地的景象。水利专业队要沿着起伏的山腰，修建几十公里长的水渠，把远在十公里外的王湾水库的水引进村庄，灌溉几百亩粮田。村子里的一些精壮劳力也投入了劳动。两年后，水渠修成了，人们亲眼看着第一股水夹杂着草叶、树枝从水渠中通过，田地里不时传来人们兴奋的喊叫声。同时，许多居住在水渠下面的人家也体会到了水渠带来的害处——没有用水泥浇铸的水渠，水从土中渗透，从老鼠的洞中穿过，院落、房屋内浊水横流。水渠经不住长期使用，一些地方开始塌陷，被雨水冲刷下来的泥土淤积在水渠里，平地一般。它似乎只是一个时代的摆设，不久后便被一些人占为己有，或栽树，或种菜。

远水解不了近渴。在村子里找水，乡亲们努力了好多年。

几位额头刻满皱纹的长者，心思几乎全用在了找水上。他们运用了山脉和水流走向的勘查方法，断言村东的一处土埂下，一定能打成一眼水井。晚上，他们偷偷摸摸地凑到一起，焚香烧裱，祈求龙王的保佑，并在选中的地方，倒下了一碗寓意成功的凉水。天刚亮，队长派出几个劳力，在年长者的指点下破土动工。井越打越深，吊上来的黄土、黑土、沙土被尽数运走，用于铺垫被洪水冲毁的路面。大约四十米时，还不见出水，就再没有坚持打下去。很快，枯井被村庄的烂菜叶子、石头瓦块填满，还没一年，枯井和水渠的命运一样，已了无痕迹。

乡亲们打不出水来，并不等于别人打不出水。几年后的春天，一辆东风牌大卡车驶进村庄，把一台柴油机和许多钻杆扔在了位于西北的一块平地里。很快，平地上架起了钻塔和一顶帐篷，县上的水利工程队的四个帅气的小伙子，每天在帐篷里休息、做饭。那台柴油机白天坚持不懈地"突突突突"响着，冒出的青烟消融在从山口吹进来的风中。好几天里，伸进地下深处的钻杆，提上来的全是黄土，最后深入到三十多米时，土润湿了起来，并且有了沙砾。这让乡亲们看到了希望。终于，先是浊水，后是清水喷涌而出。几个小时后，人们还没有从兴奋中缓过神来，水流量慢慢减小。看来，用这口井浇灌几百亩土地不会成为现实，它仅能填补村庄生活用水所需。我经常在这口井上吊水，三十多米长的井绳的重量，可想而知。虽然深，却是村庄里的一口水井！

村南自然形成的沟，是村庄的主要水源地。牲畜的饮水泉和人们的生活用水泉各居左右。一条窄而陡的土路直插沟底，中午和傍晚，队里的牲畜们去饮水时，沟坡上浩浩荡荡，尘土飞扬。若是雨天，沟坡上铺了油似的，寸步难行，曾经有生产队的牛摔到沟底，折断了腿和肋骨。这么一眼泉水，是上天对村庄的恩惠，如果不是亲眼所见，外人或许不会相信，每逢节日，定会有人起个大早，到水泉边焚香——这是乡亲们感恩的仪式。但并不是随时可以盛上水的，去得迟了，清冽的水已被早到的人们舀光，只有慢慢等待了。这条沟，与我厮混几十年。二十多年前，我不喜欢课堂，守在家里，有两年时间，专门从事挑水、压粪这些活计。我几乎每天赶在天明鸟之前起来，揣黑穿上衣服，摸进因烟熏火燎变得更加黑暗的厨房，挑起两只铁桶，悄悄出门。星冷露寒，两只桶子在扁担钩子上晃荡，发出"咯吱咯吱咯吱"的声响，唤起第一批狗叫，但很快又悄无声息。路边的老鼠、兔子、野猫肯定见过我黑乎乎的身影，或许还吓它们一跳。

大自然往往是这样不公平。有几个夏天，严重干旱，泉水枯竭。说来也怪，一样的地理环境，距离不过三五里的邻村的泉水，却始终保持着清盈旺盛的势头，丝毫不见衰减。这让乡亲们羡慕不已。许多人家开始去那个村子挑水，时间长了，那个村庄的生活用水也紧张了起来，人家就开始不太愿意了，当看到外村人来挑水时，就站在崖边反对："这不是明抢吗？""抢"，多少有些土匪行径，对一贯不越雷池的乡亲来说，不免多了份尴尬。于是，大家不再公开去那里挑水，而是借着星光去"偷"，起得大早的人，可以看到乡村土路上，挑水的人因回程仓促而洒下的点点水渍。

一九八六年离开老家时，是一个挂满星斗的凌晨。煤油灯下，我的影子映照在墙壁上，半个脸部忽明忽暗，和心情一样摇晃不定。吃了半个糜面馍，喝了一搪瓷缸子开水，然后悄然出门去赶镇上的早班车。村庄的沟，是通向村外的必由之路，沿着村庄的沟畔而过，不由自主放慢了脚步，我看见，沟里的泉水旁，有人搅动着映在水里的星星。不知道为什么，眼泪模糊了双眼。多少年后，在小城的一隅，我喝着不费力气就可以享用到的自来水时，忽然想道：那天凌晨离家时的一杯水，不正是与老家的告别仪式？我并不是故意靠近河水，其实是无法躲避。

某年夏天，一辆油漆斑驳的公共汽车朝县城驶去。我正坐在这辆车上。一路上，我靠着车窗，一语不发，什么也没有想，但看上去是一副沉思的样子。有人问县城快到了没有时，我稍微扭了一下头，知道那人和我一样，是初次进城的人。开车的师傅，在我的记忆中形象模糊，但他的答话却令我记忆犹新：过了南河桥，就是县城。很长时间里，我觉得南河桥是一个区域的地理标志。时间长了，我算是多少明白，紧临城市的河与水，和村庄的河与水根本不同：一个是风景的点缀，是人间自由乐园，一个是物质的基本构成，是百姓的生活必需。

南河桥连接着县乡公路与县城，它的上游，有成百亩土地，那是郊区农民的粮田，凭借着河流的滋润，辽阔而肥沃。这是玉米成长的好地方。初春，栽瓜点豆时节，平展展的土地里晃动着忙碌的人影；初夏，一尺左右高的玉米，把宽大的叶子铺了一地。玉米成熟时，便吸引了一些约会的男女。我去这里的时候，已经是玉米归仓，大地清爽，深秋的天气使大地少有绿色的影子。玉米地里，是风干了的玉米秆，它们被捆扎成小捆，互相靠立成人字形，像一个不错的小屋。农历十月二十日前后，城里喜欢举办物资交流大会，大约持续半个月，盛大的聚会，除了物资，还有杂耍，当地的秦腔表演团和陕西的秦剧团也来助兴。晚上，我和厂里的师傅们不喜欢看秦腔，踩一小三轮车在城外晃荡，就来到了那片玉米地。我们有三节五号电池装的手电筒，光柱在黑暗的地里扫过，总能看见男女从那人字形玉米秆棚里跑出来，在光柱里一闪，消失在黑暗中。

在天气暖和的时候，同事们报告给我的关于南河桥的消息，总让我觉得紧张而又刺激。有次，我们跑去看打架，第一次看到二三十人摆在河滩上，他们中间隔着几米远，互相谩骂，互相鼓动，互相挥动着手中的木棍，空气紧张，一触即发。我生性胆小怕事，更没有见过刀光剑影，便逃之夭夭。大约有那么几年，少年们的决战基本都在南河展开。

河对面的小树林，也是要去的地方。我立志学习时，有三五年时光，除了写些无聊的文字，还参加汉语言专业的考试，偶尔看看在师傅们眼中毫无用处的书籍。去小树林里看书，那纯粹是一种矫情，表面上看是去找到了一处清静的好地方，可心思并不能完全用在读书上。草地上蚂蚁排队前进，倘若是人，一定有惊天动地的气势。水里的蝌蚪，和小鱼苗一样，摆来摆去，只是没有鱼的机敏，傻里傻气的，和它的祖先别无二致。小鱼很少能捞在手上，蝌蚪却很容易，手伸到水里，看它摆进手心了，抬起手就行。城里少鸟雀，林子也就多了些冷清。只有夕阳和晚风，在林子里弄些声响，在水里涂抹些淡红，人在其中，突然心生冷凄的感觉。

南河是渭水的支流，没有传说也没有典故。那些年月，河水虽然算不上"川流不息"，但也是细水长流，清而浅的水边，偶尔可见郊区的妇女浣衣，几个小孩儿嬉水，搭配上蓝天白云，江南一般。它的不竭源于远在上游的东峡水库。峡区广阔辽远，有三五百亩，蓄水或碧绿或深蓝，周围山峦的倒影在水波中晃动，宛若海市蜃楼。这里建有三座水塔，是小城数万人的生活水源地。城区有水龙头的地方，只要轻拧一下，略带有漂白粉味道的清水便喷流而出。

这都是以前的事情。这些年，城区拓展、环境污染、人口增长等多种因素，已经使库区水量锐减。路过南河桥时，路边的繁华已经能够证明玉米地日渐消失，城市需要土地，短暂的商业价值比粮食更重要。河水继续干涸，河床上的沙石正好能被不费力气地利用，用以推进城镇建设步伐。现在看南河上的桥，它仅仅是路的另一个说法而已，桥的意义并不明显了。小城进入夏天，总有那么些日子为节水而停水，居民的厨房缺水，厕所气味难闻。水若供上，又是毫不吝啬的浪费，谁都没有为用水紧张考虑，因为小城在甘渭河里又找到了新水源。某个黄昏，我站在东峡库区边上张望，夕阳里，那几座废弃的水塔，就像破碎的残堡，孤独、无助，似乎张嘴说着什么。

似乎如传说一样。

前年回家，又是一个夏天。天气晴好，没有雷雨，可铺垫了沙石的乡村公路上却到处泥泞，让人行走困难。我向路边的老乡打听，这位老乡的头发都难掩兴奋：村子里通上了自来水，这泥泞，是埋在地下的水管破裂所致。水源就是距村庄十公里的王湾水库。这的确是一个好消息，我也高兴了起来，是啊，人们终于不再为饮水而发愁。路过村庄的沟畔时，我看见，沟里的那些水泉，因为不再饮用，上面布了层油垢一样的绿苔，面积也因淤积而缩小。通往泉水的道路，不再有牲畜和人们的足迹踏过，因失修而大面积塌陷。这条我多次走过的沟，从远处看上去，箭一样射向村庄的腹地，继续延伸，延伸。我担心，我的村庄，虽然有了自来水，但有一天她是否仍然会因为缺水而老去。

在城市的一隅，我反复做着怪梦：沟里的洪水追赶着双脚，沟坡上的路直立了起来，土块石头纷纷掉落。随后，村庄消失，我站在一望无垠的旷野中。醒来，每次都是大汗淋漓。这个梦境多次出现，我一直把它作为我生活状态的隐喻。现在明白，这些出现在梦境中的场景，或许是村庄之水的复制。

/ 草的赐予

农历三月，虽然风裹着尘土，不断访问山村，但阳光恢复了温暖的力量，我的山村，气温开始回升，寒流渐次退去。我家的土院，背靠东山，清晨走出屋子，尽管空气中还有几许冰凉，可已经能够闻得到土地复苏的气息，潮湿、膻腥，让人对这个季节充满欣喜。山村的春天，并不是写在日历上，它是不经意间到来的。某天清晨，太阳刚从东山顶上爬了出来，光线炫目，透明的空气中，流动着交织的色彩。这时，不经意张眼一望，西边的山坡上，一夜间脱掉了灰白，散布着的那些黄，似有若无，雾一样在山间滚动。再过上几天，不，或许就在第二天清晨，西山先绿了起来，它好像率先奔跑的人，带动整个山村的绿色。

是的，野草是大自然对山村的赠予。

寄居小城，有时候，渴望清新空气的人们，会提起山村的空气。这时，我从内心深处觉得，那不是说空气，而是在说野草，是它们净化了山村。深春时节，野草遍布山坡、道边、沟涧，空气里弥漫着泥土的潮湿和野草的芬芳。我常常想起北山沟以及连接北山沟的道路，还有南边叫避风湾的地方，这里野草丛生，自由疯长，风吹过去，野草掀起绿浪，一波连着一波，好像和风赛跑，给大地增添了许多灵动妩媚。最怀念春夏上学时节，清晨出门，太阳透过薄雾，山村荡漾着柔和的朝气，人包裹在其中，不由得精神振奋。路旁，青草尖上挂着露珠，珠宝一样，闪着亮光，包藏了许多太阳的光芒。这些晶莹透亮的东西，颤颤巍巍，好像要掉下来，却又粘在草茎上不愿离开。我宁愿卷起裤管，走在青草中间，故意让露珠打在腿上，感受一丝冰凉和虫子蠕动般的愉悦。

谁能不信，在山村，野草是牲畜的粮食，人间的薪火。

野草不需要人的照顾，只要几场雨水，它们就会在阳光下生长。山风吹过，安静的深夜，躺在土炕上，眯上眼睛，似睡非睡中，能听见青草崛起的喧哗声在耳边回响。是的，山坡、道边、沟涧的青草，为牲畜提供了肥美的口粮，整个夏天，牲畜们嘴里都嚼着青草，即便是颗粒归仓的冬季，那些枯黄了的野草，也是牲畜们不可或缺的饲料。农村土地承包后，我家分得了几只绵羊。那时，学校布置的作业不多，有时甚至没有作业，每逢星期日，我们几个伙伴约好了一起去放羊。天气凉爽时，要把羊只赶到有阳光的地方，炎夏时节，则要赶到沟涧边，以防它们中暑。通常，我们去山坡上放羊。一群羊，低头仔细啃着青草，慢慢蠕动，一片白和大片绿搭配在一起，画一样美观。羊只吃着草，我们仰躺在山顶上晒太阳。身上的衣服不多，大约一件汗衫，一件短裤，光着脚，身上是阳光留下的印痕。一顶草帽盖在脸上，微风吹拂，太阳高悬，全身有一种说不出的舒服感。透过草帽的缝隙，一线天蓝蓝的，一丝云白白的。如果太阳的影子一闪，肯定有几只鸟从低空飞过。山上的青草，触手可及，趁着玩耍，可拔一小堆，顺手打一根草绳，捆起来，背回家，扔进猪圈，看着小猪瞪着眼睛进餐的样子，内心欢快充实，甚至有种成就感。这头小猪，过上几个月，就会长大长肥，送到收购点上去，可换来维持生活的钱币。

野草自由生长衰败，可生命之火不曾停息。

第一场霜降临时，大地上的一切粮食已经收上了场，等待打碾归仓。高粱、玉米的秸秆，站立在土地里，在秋风中干枯，但野草还是坚强的。半夜结起的寒霜，亲吻青草的身体，冰凉透骨。太阳升起后，它们立即吸收热量，将蜷曲的身体打开，叶子宝石一样的墨绿、凝重、浑厚。一直到第一场雪光临，野草被埋在雪下，偶尔，在冰雪消融处，还能看到一点绿，给人们留下对一个季节的怀念。

霜雪杀过，青草由绿而黄，最后干枯。那些草茎，就是野草一年中给山村最后的馈赠。习惯中，我们把草茎叫作"茅衣"。茅衣比树叶发热好、燃时长，家家户户喜欢把它弄回家填炕取暖。扫茅衣是冬季的闲活儿，通常，大家用秃了的扫帚或者"扒条"，使劲在地皮上扫打，把茅衣与连接在根部的纤丝剥离。好多人起得很早，比学生起得还早，我们走出了村子，还能听见扫帚或者"扒条"落在地表上时，发出的"括括"声。在院子里的一个角落处，积上小山一样的茅衣，心里踏实，就像有成堆的粮食一样。坐在炕上，听着炕洞里的茅衣燃烧时发出的"哔哔啪啪"的声音，闻着炕眼里冒出的丝丝焦烟，屋外哪怕寒风刺骨，身心都是暖洋洋的。长在路边的枯草，毡一样倒在一侧，拾掇回去，堆在阴边的墙壁下，日久了，像青草垛一样，让人倍感富足。老鼠在里面安家，鸡在旁边散步，一只猫蹲在远处，窥视着枯草垛的动静，这场面，画一样平静安详。要烧水做饭了，扯几把枯草，填进灶门，一缕青烟扑了出来，在院落里弥漫——

家，就多了几分幸福与温暖。

草分四季，它们与庄稼一起成长。有许多可以食用的野草，生长在田间、地头、山坡和沟涧。往昔岁月里，它们鲜美、肥胖，好像是上天给人们准备好了的充饥食粮，养活了不少人。

青黄不接的春夏，去田里锄禾的妇女们，一只笼子总是形影不离。生长在地里的野草，她们一般不会扔掉，大多归在笼子里，中午和晚上放工回家，满满当当的笼子里，有许多车前草、灰菜、苦菜等可以食用的野草。我的母亲，经常将捡来的野草迅速分类，不可食用的，倒进猪圈，可食用的，则细心洗净，大部分摆在院子里晒制干菜，留下一大把，趁锅里的水开时，扔了进去，再甩下些面粉，这一锅糊糊儿，让一家人体味到生活的温馨。母亲还把野菜炸熟了，和上点面粉，做成菜团子，当作我们的早点。

更直接地说，野草救过我的命。从家门出来，右拐，走四五百米，就到了养猪场前。这里因地势平坦宽展，经常有许多孩子玩耍，我也不例外。养猪场的西边紧临几十米深的悬崖，崖壁上野草也十分茂盛，浓密的胡须一样。因为危险，大人劝孩子们千万别靠近崖边，但不听话的我有一次还是掉了下去。好在我没有伤残，这对山村来说，也算是个奇迹。只有我最清楚，在掉落的过程中，我拼命去抓崖边上的野草，是草起到了缓冲的作用。

或许，野草通向神灵。或许，野草连接着两个世界。

按照风俗，正月二十三日晚上，山村的每户人家，都要参加"燎疳"活动。几天前，热心于玩耍的孩子们，就开始上山捡拾干枯了的野草了。这天晚上，天完全黑下来后，各家把前几天从山上捡来的枯草，堆在各家的门前，焚香后点燃，燃烧起来时，一家人不管大人小孩，都要在火边绕上几圈，据说这样才能在新的一年中不生疮患病。村子里的人们，看见谁家门前的火焰高，就很快跑过去，加入其中。待火燃完，懂行的老者，会拿过一把铁锨，把火烬扬起来，随即，夜空里便绽放出了美丽的火花。人们对着空中飘落的明明灭灭的火星，说："嗯，今年收成好着呢。"恍惚间，一派丰收景象。按照扬起的火星形状，这一年，人们决定该种小麦还是糜谷。

落草，是一个民俗词语。山村里有年长者去世，都要在地上铺一层枯草，让亡者平躺在上面。我的祖母去世时，我仅能记事。老家的旧院，东西走向，几间屋子狭窄低矮。在主房设置的灵堂里，地上铺了一层厚厚的枯草，祖母头西脚东而睡。我靠在屋门边，迷惑地看着进进出出的大人，不解父辈们为什么脸上布满阴云和悲伤，更不理解为什么没有人顾得上理睬我这样一个小孩子。长大后，终于明白这就是衰老和死亡。好多年里，没有人能够解释为什么要在亡者身下铺上枯草，只是沿着先辈们的习俗，照着样子去做。我也从未向人请教过缘由。现在，我模糊地认为，"落"在草上，然后才能入土为安。按照这个理解，是草，打通了阴阳两个世界，传递着人世间生与死的信息。

二十多年前，我离开了山村，但当说起野草时，山村便扑面而来，眼前晃动着的是无尽的绿，内心装满了村庄的温暖和安详。

或许，野草和院落、树木、炊烟一样，也是山村的物质构成部分。或许，它们不仅仅是山村的物质构成。每当春天来临，大地回暖时，在小城的一隅，我只盼望山村遍地青草，遍地草香。

/ 敬重鸟雀

连绵起伏的山，将村庄婴儿一般圈在怀中。抬头，是碧蓝如玉的天；侧耳，一阵几乎不易察觉的细风从半空滑过，这是鸟雀们从山的这边飞向山的那边。六盘山高峰，虽然气候多变，但树木葱郁，四季青青，是鸟类繁育生息的乐园。位于山脚下的村庄，叫得上名字的和叫不上名字的鸟雀就有成百种，它们就像生长在院前屋后的树木，既普通又普遍。虽然如此，我却对它们心怀一分敬重。

大树，是许多鸟雀的栖身之地和活动场所，譬如我们常见的麻雀。它们最喜欢聚集在枝叶后面，商讨关于"吃什么、怎么办"的生活大计。或许，也因为一些琐事，叽叽喳喳吵成一片。我老家的门前有三棵大榆树，车撞雷劈不见它丝毫损伤，据说有些年头了。我们都得到过在它的荫凉下玩耍的好处。一年四季，它就是麻雀的俱乐部，大约有几代成百只麻雀聚集在一起，不管炎热的夏天，还是寒风号啸的冬日，它们去时一大片，来时一大片，"扑棱棱"的声音颇有些壮观。

我觉得，麻雀的性格最接近乡村百姓，喜欢群聚，喜欢热闹，虽然居住环境简单，却能够一代一代地生活下去。过去它们不受欢迎，现在它们仍然不受欢迎，因为它们改不了喜欢吃粮食的习惯，即便它们也吃大量的虫子。夏日里，麦子成熟时节，乡亲们还是习惯扎个草人立在地里，吓唬永远不听话的麻雀。我家的小院里，母亲刚把瘪粮食撒到地上准备喂鸡，鸡还没有吃几粒，一群栖在院外榆树上的麻雀却伺机俯冲了下来，几分钟的时间，地上的麦子全不见了。母亲气愤地咒骂它们："死不绝的！"便有东西朝它们打去，它们"轰"地一下飞走了，站在树上叽叽喳喳地叫着，好像炫耀成果似的，看着主人暴跳如雷的样子，暗暗地发笑。

小时候，我这般大的娃娃们经常和麻雀过不去。除了仲春时节掏鸟蛋，到了下雪天，才是对付它们的大好时机。在院子里扫出直径一米大小的空地，空地上方扣上一只大箩筐，用匝长的木棍儿支起来，木棍儿上连一根绳子，引到屋里去。然后在箩筐下撒上麦粒。它们也不急着进去，先有一两只在箩筐下面出出进进地试探，其他的在院子里或树上跳来跳去，样子十分焦急。觉得没有危险了，便你争我抢地朝箩筐下挤去。它们便中计了。

可是，老家农村的麻雀却并不见减少，多少年了，它们顽强地生存了下来，从不让出自己的生息地，不仅仅是因为农村有温暖的屋檐，有绿荫蔽天的大树，有充足的粮食和虫子，或许，还有对山村的热爱和对生命本源的认知。这一点很像我的乡亲，生活再艰难，自然灾害再多，也坚守着自己的家园。

以报喜事而闻名于世的喜鹊，也是我所敬重的一种鸟。我们都知道那幅精美的"喜鹊闹梅"的剪纸：一身青色绸缎的喜鹊站在梅花绽放的枝条上，和红梅映衬，显得热闹喜庆。在我的村庄的北边，有一片小林子，其中几棵槐树高大，直逼天空。喜鹊就喜欢把巢建造在高大的树木上。它们是鸟类中的流浪者之一，冬去春来，不厌其烦地蹲在迁徙的路上。春天来了，乡村刚刚醒来，远处的山根才看见似有若无的草色。某一天中午，准备农具去地里的乡亲，突然听见了几声鸟叫，就那么不经意抬头，看见远处一只喜鹊站在墙头上啼叫，一转眼，又看见一只在树枝上呼应。喜鹊和春天一起来临了。它给村庄打过招呼，便要做巢。其实，它们的巢在上年春天就做好了。但是，那棵大槐树上的巢，在正月二十三日，被村子拆掉了，那些木料用于当天晚上的一项叫作"燎疳"的传统民俗活动。上树拆巢的小伙子看到，这些被喜鹊衔来的枯树枝，里里外外互相错落着，上上下下互相牵制着，好像楼房一样精致坚固。它们的巢里，铺垫了杂草、羽毛和布屑，宽敞而温暖。这些拆下来的树枝，足足能装一架子车，好像专门是为了这项活动积蓄的。它们不断建巢的过程，何尝不是不断奉献的过程呢？这多像春种秋收的乡亲们！而让我更加起敬的还有它们冬去春归的执着。

灰鹁鸽，我们也叫它野鹁鸽，或者斑斑鹁鸽，它应该是最幸运的鸟雀，常常出现在家乡的"花儿"中。"鹁鸽飞到沟垴里，尕妹子和你要好哩。鹁鸽飞到沟畔里，尕妹子想你心乱哩。"灰鹁鸽通常住在山洞里，一年四季不挪窝。老家靠东边的山下，有几户人家紧挨着大山。那些院落后院的山崖上，错落着十几个水桶粗细的洞，这便是灰鹁鸽的家。鹁鸽选择这样的位置安家，有着优越的地理优势，除偶尔有山狸可攀上山崖，进巢骚扰外，其他野物基本上无法光顾。我便觉得，灰鹁鸽真是聪明的鸟儿，其实，它们的家族都是十分有头脑的。乡亲们喜欢说："那是家鹁鸽。"我觉得，这个"家"字用得是再妥帖不过了：它们少吃地里的粮食，喜欢生活在院落附近，一副憨态可掬的模样。

我清晰地记得，八十年代初期，村子里来了一把子人，好多村民都弄不清楚他们是叫地质勘探队还是打井专业队，但大家知道他们不是咱乡下人，有上面的领导陪着。他们有几把小口径猎枪，还带着两只凶狠的狼狗。他们在村部的大房子里扎营，闲暇时上山打野兔，去沟里打雉鸡，晚上肉香飘荡在山野和村庄。大家都为鹁鸽担心。终于有一天，他们开始把枪口指向了灰鹁鸽。灰鹁鸽是多么忠厚的家伙啊，它们除了去找食，就是练飞翔，阳光很毒的时候在家里，阳光柔和的时候，它们缩着脖子在洞口晒太阳，它们不知道，也从来没有经历过。有人远远地瞄准着，"轰"的一声，就有几只鹁鸽扑棱棱掉下去，连翅膀都来不及扇动几下。而活着的，好像根本不知道发生了什么，仍在晒太阳。可敬的是，它们一天天少了，却丝毫不惧死亡，不迁移自己的家。

我很喜欢灰鹁鸽。在炎夏的中午，我睡在土炕上，听它们站在自家的门前对话，给村子里带来许多安静和清凉。它们"咕、咕、咕"地叫着，我终于听清楚，它们在互相鼓励着活下去："不——不——不——"

于是，我觉得它们的信念如此坚定：对于山村，忠贞不渝。

/ 与树有关

    树木装扮了城市。可是在乡村，树木却是一个村庄的构成。我不知道自己是否对它们有深厚的感情，可它们最近却经常出现在梦中。我在树木中奔跑，突然，那些躯干挺直的家伙，摇动了起来，一会儿拉长，一会儿缩小，将我围困在中间。我挣扎，我喊叫。先是一个人，后来是数十人，他们面目模糊，没有表情，挥动着手掌，瞬时，手掌变成了利刃，树木躲开了，纷纷后退，逐渐消失。天与地统一为灰暗的颜色，我闻见了腐朽的气息，压抑、恐怖。醒来，精神疲惫，浑身发痛，好像有人在砍我的身体。梦与树有关，我与树有关。

    的确，好多物象使乡村神话般的安详美丽。

    在村庄，山间、路头、山坡、沟壑，最容易看到的是柳树，它们是最适宜于西北黄土高原地带的树种，当然还有杏树、榆树和杨树。多年来，人们习惯把杏树、桃树、榆树，特别是柳树植在自家门前院后，说是"前榆后柳，不做就有"。这句俗语至少推动了村庄的植树热情。但以我的经历，八十年代初，大概才是人们植树热情最高的时期。那些年，我守在村庄里，和乡亲们一道，经历了仲春时节万物徐徐苏醒的过程。节气时令的变化，在山村是那么明显啊，春节才过，山上的颜色就发生了变化，这些变化只有细心的乡亲们才能发觉！光秃秃的山，像罩上了一层灰蒙蒙的外衣，那田地，透出了那种不经意的浅绿，树木则有了些许的深红。风不大，天空干净，气温宜人。春种还没有开始，村里村外传来"梆、梆、梆"的声音，在空中扩大、散开，显得悠长、缈远。

这是剁树的声音。我所说的剁树，是乡亲们一贯的用语，和伐树的区别在：修理枝条，使树木长得更好。每年春天，人们都要给这些柳树不同程度地修理枝条，甚至剃个光头。过上一个月，修理过的地方就会长出嫩芽，深春时节，那些嫩芽就会蹿着长成枝条，再过上两三年，这些枝条，又会形成一个繁茂的树冠。新长成的枝条，翠绿、茂密，就像一个精神抖擞的人，黄鹂最喜欢在新树冠里安家，这一切便有了诗意。剁下来的枝条，都是有用之物，粗些的，用做房屋的椽子，一般粗细的，会用来做锨把。大多数枝条，会被理成两米左右长的"栽子"，趁着它水分充足时，挖坑、栽种、浇水，夏天到来时，这些从成年柳树上取下的后代，尽悉存活，那光秃秃的躯干上，发出嫩芽。它们，过上几年，又会成为一道村庄的风景。

家庭联产承包责任制实行那年，村庄的树木也和牲口、土地一样分到了户，这使很多人家一下子有了富有或者奢华的感觉，常有人指头一划拉，说："那是我家的。"我曾经粗略地统计过，我家植的树，加上分下来的，是一个不小的数字。那个叫羊路咀的地方，沿路两边都是柳树，每年的剁树声大都是从这里传出的。羊路咀上有我家两亩二类地，地头上方，二十多棵柳树全是队里分下来的，很多都有碗口粗；小湾梁上有一小片树林，也是队里分下来的，全是杨树，过一两年就可以做建房子用的椽子，当时母亲带着我和哥哥去数了，共四十多棵；还有位于杏树梁上的清一色杏树，约十棵，每年秋天，成熟的杏子在山风摇动下，从山顶滚下来，有时会滚到我家的院子里，浑身沾满尘土；避风湾是队上分给的三类地，因为山顶上风太大，种啥啥长不成，便种了四十多棵新疆钻天杨。

这些数字足以证明村庄多树。

父亲喜欢植树，有些过于热衷，有一年带回来了几十棵新疆钻天杨，说："就种在门前的空地上吧。"树栽上后，在树林里撒上了花草和萝卜籽。夏天，杨树撒出巴掌大的灰绿色叶子，地上间杂着萝卜的绿叶，看上去颇为壮观。收麦时节，我们可以去林子里拔水萝卜吃。父亲还种下了一些村庄少有的树种，我曾经在《父亲的树》一文中提及，现摘录如下：

　　杜仲，两棵。起初栽在院内的南边，后来因为留守在老家的大哥要翻修房子，便移栽到门前的小林中。树干笔直，树皮灰色光滑，叶子灰绿。一些从小林前走过的人停下脚步，琢磨一会儿后，问："这是啥树啊？"我和哥哥竟然也不知道。父亲说，那是药树，树皮是中药，有滋补作用。有人惊叹："剥了皮还能活啊？！"后来我们试着剥了一点，树皮里有胶状物质。

　　桃树，一棵。应该是水蜜桃树，栽在门前的小林里。当初只是一棵小树苗，刚撒出的叶子阔大、翠绿，有头重脚轻的感觉。两年过去了，它没有开花结果。第三年，我们发现它挂上了几十个花蕾，可不知道它什么时候凋谢了。这一年，它终于长出了三个果实。鸡蛋大的果实，着实让我们惊讶，这和麻雀蛋大的家毛桃相比，让人觉得那么不真实。可惜还没有成熟，就被人摘去了。十多年后，桃子成了当地的果蔬之一。

红柳，一棵。种在院门口南侧。这个生长在大漠的树木，在雨水丰足、土壤肥沃的土地上，表现出极强的生长欲望，刚栽下去时，麻秆一般孱弱，几年后，就足有碗口那么粗。深红色的枝条上，从夏到秋一直长着火柴头大的蓝中带白的花，没有袭人的香味。起初我不知道它的名字，父亲也没有告诉我们，后来去过河西的人说："这就是红柳。"

沙枣，一棵。种在院子里。有人叫它香柳，我觉得这个名字更准确一些，因为我从来没有见过它长出指头蛋儿大的枣子。小叶子，灰绿色。每年端午节前后，它的丁香大小的白花挂满枝头。只这一棵树，蜜一样的香气弥漫了整个村庄，使村子浸泡在香气里。刚绽放的那一年，村子里的人们都说："啥这么香？"后来知道是一棵树，说："有这么香的树啊？！"于是，这棵树的枝条在初春时节，送给了好多人家，几年后的端午节，它们把香气遍布整个村庄。

村庄里栽树，有时觉得没有目的，好像你就得那样做！村庄里伐树，却是为了积累财富。这两年，村庄里不断传出树木被偷的消息，山路边、沟壑旁的树少了下去。被偷的树，要不被变卖，要不成了房屋修建的材料。父亲栽下的好多树，开始被人砍伐。据我所知，砍伐先是从一棵桑树开始的。桑树种在门前的林子里，起初只有一指粗细，数年后，两手也合拢不住。这棵桑树和村庄里的那些躯干歪歪扭扭的桑树相比，它笔直挺拔，枝叶繁茂，让人觉得它们不可能会是同一树种，就连村子里几户喜欢养蚕的也对它疼爱有加。老家的大哥说，他在傍晚时亲眼见它好好地长在那里，安静得像一个人。第二天早晨出门，就觉得小林子里少了什么东西，仔细察看，是少了棵树。这棵父亲亲手栽下的树，被人贴着地皮锯掉，做了他们家架子车的车辕。

树少了，村庄显得苍老、衰败，好像一个人失去了好多毛发。我向居住在村庄的哥哥们说起过梦，说起过树。他们都觉得这不是好梦。或许，是树木在喊疼。或许，是村庄在喊疼。

/ 柠的给予

当我写下"柠"字时，没有费多大的努力就想到了东山梁、北坡圪，甚至更远的地方：莽莽关山，古老森林。

东山梁、北坡圪是村庄的地理标志，出生在村庄并且在村庄长大的人，如果不熟悉它们，就像不熟悉乡亲的面孔，虽然在骨气里保存了村庄的特质，但已经从内心的态度上对村庄有所疏离。东山梁、北坡圪的腰部，缠绕了层层"战天斗地时期"最好的成果——梯田，它们是我们的衣食福禄。顶部有许多谁也说不清是何年何人栽植的杏树、山桃树，当然，最多的还是灌木，它们个头不高，连成一片，枝条互相交织，密集地拥在一起，覆盖了更多的地表。这里是个好去处，我经常以捡柴火为借口，用大半天的时间，寻找在灌木丛下面容身的雉鸡留下的漂亮羽毛，观看一只蚂蚁从一堆枯黄的草叶下钻出。对了，灌木上还留下了一撮一撮的灰色绒毛，足以说明野兔也经常在里面避难，令凶猛的杀手山鹰无可奈何。

人们都说，灌木丛的第一粒种子，应该是远道而来的鸟雀以粪便的方式撒下来的，经年之后，它们扎根蔓延，生长在它们需要出现的地方。对此，我深信不疑。所以，鸟雀们有足够的理由来啄食灌木的花朵和果实，享受种植带来的乐趣。大自然赐予我们的许多东西，如果出现在恰当的地方，就会成为有用之材。山顶上的这些灌木不干扰庄稼生长，不侵占农田空间，就不会有被铲除的危险，反而因为它们会防止水土流失、抵抗风尘弥漫而受到村民们的欢迎。

不可忽略的是，它们也是我们生活中实用的宝贝。春末夏初，几场好雨，几场大风后，灌木丛开始疯长，很快就会绽放出黄色的小花。我见过那种花朵，就像划亮火柴的瞬间燃起的火焰那样大小，实在叫孩子们怜惜。我曾经用铲刀铲下一些带花的枝条，回家后用剪刀剪下顶端的部分，插在玻璃酒瓶里，置放在正屋的桌子上，昏暗的房间里倏然一片明亮。虽然这样的行为并没有得到大人的口头表扬，但从他们赞许的眼神里，我第一次明白了装饰美化的重要性。我还眼见邻居家用它们在门外的菜园子四周围了一圈，有这么一方栅栏，偶尔进入菜园采摘葱秧的孩子，就会像受到警告一样而胆怯地停下脚步，平日里大摇大摆进入菜园寻找青虫、啄食青菜的鸡们，就只有在栅栏外散步的份儿，而喜欢躲在大白菜下面伺机捕捉老鼠的猫，也发挥不出极高的跳跃水平而不能顺利进入菜园，只能焦躁不安地在栅栏外徘徊。

灌木丛的花还没有开放时，村民们会把长得稍长些的枝条割下，用绳子捆在一起，或者根本不捆扎，随便扔到架子车上运回来，交给饲养场的饲养员，由他们趁闲时编织筐子。这些灌木的枝条上长有尖利的小刺，摆弄起来得十分小心，可是我没有见到小刺扎过饲养员的手，他们摆弄这些灌木的枝条，如同摆弄光滑的柳枝一般，神奇之余叫人敬佩。这些编织好的筐子，均泛着新鲜枝条的清香，但和竹编的筐子在外观上实在不能相提并论，它们粗糙，扎手，但结实耐用，是装土和粪肥的上好工具，我家就有四五个这样的筐子。

因我们山坡上灌木的枝条细小，只能派上小用场，尚未达到制作大农具用材的要求，春播结束后，村庄便会派出一些身强力壮者进山去。这座山，就是那时传说中的关山，远在一万八千里外，有泾河渭水重重阻隔。进山的人们要带足够食用十天半个月的干粮，还要带走一些诸如镰刀、砍刀、绳索、架子车之类的劳动工具和运输工具。他们是在一个清晨踩着露水出发的，那时候，村庄里的狗全叫了起来，几乎众人皆知。但疲惫不堪的他们是何时回来的，好多大人不知道，好奇的孩子们就更不会知道，只知道村庄的仓库里又新添了数十张耱。耱是他们守在山里打成的，有结实的主干，有均匀并且密实的排。它们的材料，均取自生长在关山原始森林里的高大灌木。由此而推知，关山不是想去就能去的，它偏远，它高大，它气候多变，它里面有攻击性很强的野兽。正因为如此，自小，我对进入关山充满了恐惧，但也充满了一探究竟的向往。

我必须知道这些来自关山的灌木名称，有人告诉我，它叫"柠"。以我有限的知识，实在搞不清"柠"到底有多少种类，但明白它们不是具有香艳气质的柠檬的"柠"，而是贴近百姓生活的柠条的"柠"。东山梁、北坡圪的柠条，我知道它们具有柔韧、富弹性、易弯曲的特性，风干后不变形，且结实耐用。那么，取自关山深处的材料一定也具有这样的特征。只是，取自关山的材料是否也叫柠，估计乡亲们也不会有准确的答案。好吧，"柠"，就是它们的笼统名称，至少涵盖了它们柔韧的品性。

关山浩荡逶迤时，随便一甩，就有了天高云淡的六盘山。有年秋天我在六盘山的西边朝左一拐，两个小时后就钻进了它的腹地。这是一处充满神秘的地方，手指并拢般的山尖捏着一汪几十亩见方的湫水，碧波荡漾时，似有乐声从水底蹿出。晨光微照，雾气蒸腾，似有水族朝会。湫水四围罩满了绿树和灌木，里面绽放着红的、黄的、白的野花。我就这样不经意靠近了关山的边缘，那时，我实在有拍照的冲动，想留下那些大自然的美好与神秘。远离尘嚣的山水处，必有先人们留下的庙宇。这里的庙宇名称我忘记了，只记得瘦削的住持带我穿行于灌木绿树间，介绍着这里的许多传说和典故。在一丛灌木前，他停止了慢慢前进的脚步，然后从灌木上折下一根枝条，掐成尺许长的两根，又用冰草缠绕起来递给了我。他告诉我说，这是一对柠条，风干后就是一双筷子。

　　我不想给这双从神秘之地带回来的筷子赋予什么特别的寓意，它只是一双未经任何加工的柠条筷子。我半生奔波于生计，仅为一口吃食而活，便十分感激与吃饭有关的馈赠。

/ 神秘的窑窝

山上多窑洞。

这情景不由得使人想起与它们相关的一连串的物象：碾盘、杨树、枣树，沟壑、羊群、信天游。冬暖夏凉的窑洞，是人们精心建造而成的。有了窑洞就有了家，生活就像黄土地一样变得瓷实起来。

我家老宅后院里的几眼窑洞，经我观察，明显使用过好些年。前面有墙壁，安了柳木做成的门窗，窑深五六米，高度三四米，窑壁全部用红胶泥仔细抹了，表面光滑，并且不见任何开裂。墙壁上有架油灯的小窝儿，有生火做饭和土炕留下的烟迹。从我记事起，窑洞不再住人，成了摆放杂物的储藏室。我和弟兄们捉迷藏时进去过，痛恨躲在里面的老鼠，我们饿着肚子，它们却个个肥硕，家丁兴旺。

村庄的四周，山峦起伏。远处望去，那些梯田，带子一样层层缠在山腰。顺着起伏的山路或者田地前行，不时有几眼窑洞走入眼中，或深，或浅，或大，或小，有些完整，有的坍塌。我说的这些窑洞，虽然也是乡亲们挖成的，但和供人们长年居住的窑洞相比，则少了章法和讲究——不避风向，不择地形，窑径不过两米，深度不过三米。因其简陋、粗糙，也就有了一个众人皆知的名称：窑窝儿。

显然，窑窝儿不宜长期居住。

但既然被称作"窝"，肯定与居住有脱不开的干系。田地里的庄稼成熟了，总会有鸟兽赶来分享成果。麻雀成群结队，打也打不散，狡猾的獾，傍晚时分悄然窜入田地，使想尽许多办法的人们防不胜防。田鼠这样的小家伙，更加难以对付，田地本来就是它的家。当然，还有挨饿受苦的人们，夜深人静时也会出现在田间地头。于是，生产队专门派了看山护田人，日夜轮流盯着成熟和即将成熟的粮食。看山护田人也是普通村民，有着和大家一样的肚皮，不可能黑明昼夜在地埂上坚持巡逻，便依着地埂，一锨一锨挖出或大或小的窑窝儿，用来躲避炎炎烈日或者连绵秋雨。路上的行人，若看见山窝里升起一缕青烟，也不会觉得奇怪，明白那是看山护田人点燃了柴火，在烧烤洋芋，或者烘烤被雨淋湿了的衣服。

暑假里，我常去麦田捡拾落下的麦穗，它们虽说不多，却是我们的宝贝，在生产队的粮仓没有开放之前，供我们享受劳作的回馈和新粮的美味。雷雨说来就来，北边的天空，刚涌起灰云，指头大的雨点儿就砸了下来。收割的人们扔下镰刀，赶忙往码起来的人字形麦垛下钻，我就近躲进了一眼窑窝儿里。窑窝儿里有蚂蚁、蜘蛛，有鸟粪，有田鼠走过的痕迹，窑壁上有放置油灯的小土台，还能闻得见看山护田人留下的汗腥味儿。在窑窝儿里，雷声、洪水声仿佛放大了似的，闷闷地从头顶跑过。天崩地裂的感觉中，窑窝儿让人安全。

　　偏偏有人说，窑窝儿是钻不得的。特别是那些有了年份，废弃不用了的。

　　经年流传不衰的鬼故事，的确证明一些窑窝儿是进不得的。

　　说是那年那月，有一个走夜路的人，当他走到荒凉的山坡时，突然听见有人细语。已经疲惫不堪的他，在这么一个深夜，听见有人说话，内心不是紧张而是高兴。循声望去，隐约看见不远处有些许光亮。走近了，看见一眼窑窝儿里有几个人在烛光下打牌。他便有了凑凑热闹的想法。他们一起玩着，一直到晨曦微露。这时，他眼前一黑，待他睁开眼睛，天已放亮，一起玩牌的人了无踪迹。而他的眼前赢来的竟然全是纸钱冥币。他从此便萎靡不振。这只是同类鬼故事中的一个版本，另一个版本没有让他活下来——当人们发现他时，他的七窍积满了泥土，已经没有了气息。

知道了这样的故事，看到那些窑洞时，不由得我放快脚步。

也有人说，钻窑窝儿好，钻窑窝儿好。他语音有些深长，眼神更让人琢磨不透。

听人们议论，村子里的一对青年男女偷偷好上了。有人往山上送粪时，亲眼看见他们在窑窝儿里相会。人们说，这样会出事儿的；人们还说，家长就别阻拦了，叫他们结婚吧。我当然知道他和她的名字，她是村庄最好看的女子，他是村庄最精神的男子。我那时年幼，不解他们为什么要往窑窝儿里钻呢，那里面会闹鬼的啊！后来明白，那时谈恋爱，是不宜公开的秘密。

窑窝儿的贡献不仅在于为看山护田人提供了去处，也在于为乡村爱情提供了一个场所，甚至，鬼怪的存在，有了些说教的意义。土头土脑的窑窝儿，也就打破了神秘，有了更浓烈的人间烟火气息。

/ 飞翔的石头

关山逶迤而去，甩下高低起伏的余脉，粗壮的手指一样，将几户人家拢在掌中。山与村，就多了几分与世隔绝般的安详和宁静。可这绝不等于拒绝，在岁月的风霜雪雨中站立的村庄，永远愿意接纳大自然给予的一切，包括大山赐予她的树木、青草、尘土和鸟雀。

与山野里草木一样，鸟雀的种类与家族也十分庞大。忙碌于生活的人，有谁专心去关注它们的数量和种类呢？但是，就像熟悉院前屋后的树木和四季节令一样，好多人熟悉大部分鸟类的习性。它们，一部分亲近村庄，一部分却与村庄保持着距离。比如苍鹰。

那个叫瓦窑坪的地方，长着几棵有些年成的杏树，周围地势开阔。从家门出来，仅几百米的距离，我经常在这里玩耍，听年长者上新疆下四川的故事。瓦窑坪北边和东边紧倚大山，山势虽然平缓绵长，却是关山丢下的尾巴。站在瓦窑坪，等于站在了村庄的腹地。某个天气晴朗的正午，不经意间，抬眼朝山上看去，就可看见两只苍鹰盘旋于山顶，翅膀触及蓝天，掠动浮云。更准确地说，它们是借助山风平稳地并排滑翔。它们飞近村庄时，隐约望见它们扭动着头颅，想必那种电波一样的目光，搜索着大地上跑动的每一只小动物。

苍鹰的动作是豪迈的，疾速的，如闪烁的光影一样叫人无法确定。

按说，它的猎物该是野鸡、野兔和令人讨厌的老鼠，但不全是。有年腊月，生产队在饲养院前分肉，虽然每家不过是两三公斤，但人人都充满了过年的喜悦，大人们比获得大笔财富还要满足，孩子们俨然闻到了自家的锅台上散发出肉香一般，围着饲养院久久不愿离开。我的堂弟不过九岁，他闹着将肉从大人手中接过去，像放学路上晃荡着书包一样，悠然自得地往家里走去。我们根本不知道一只苍鹰是怎么出现的，只一阵风疾速划过，偌大的影子一闪，还没有等堂弟反应过来，它就掳走了他手中晃荡的肉，然后箭一样射向半空。

一边的孩子们都惊呆了。他还没有反应过来，看着自己的右手，放声大哭："谁抢走了过年的肉？！"叔母安慰说，算了，那份肉该是苍鹰的，谁叫它抓不到小鸡呢！是啊，我们家家都养鸡，每年夏天，还要孵小鸡。这是苍鹰捕食的最好时机。趁人不注意，特别是趁鸡不注意，早就有所准备的它们，从半空俯冲而下，抓起小鸡腾空而去。每当看到苍鹰像片黑云一样出现，大人通常会喊叫："鹰来了，鹰来了——"声音细长急促。鸡们也能听懂主人的话，随即扇动翅膀，朝角落里奔去，如果带着小鸡，会张开翅膀，将孩子们拢在翅膀之下——苍鹰捕捉小鸡，包括野兔和田鼠，那是上天赋予它们的生存权利。

听胡须花白的长者说，厉害的苍鹰在进入冬天饥饿阶段，连小孩子都敢抓哩。不管真假，这话实在让孩子们心生恐惧，便很少有谁家的孩子单独活动。可是，即便是事实，也没有谁讨厌苍鹰。苍鹰是神性的，它们与神仙韩湘子有关。

人们一般把苍鹰叫作"韩湘子二妈"，看到苍鹰出现，会说"韩湘子二妈来了"。我们对山村的许多口头承传的神秘一直深信不疑。年画中那位手持长箫的韩湘子，拜师吕洞宾修炼成仙后，要把母亲接到天上去享福。韩湘子是可以凭借才华进入仕途却不好好念书，偏偏喜爱神秘学的典范，他修仙那些年，母亲主要由二妈陪伴。所以，他成仙后不忘记陪伴母亲度过艰辛岁月的二妈，想把二妈也带上天庭。韩神仙二妈是居家过日子的妇女，打算上天时把能带上的东西都带上，包括那些正在长大的小鸡们。第二天，他们坐在一块云彩上飞了起来，到了半空，二妈提在手中的鸡笼了被风刮走，小鸡们飘在空中。二妈急了，执意要去把小鸡捉回来。韩湘子无可奈何，说："你就变只苍鹰吧，那样才能把小鸡抓回来。"于是，韩湘子二妈就变成了苍鹰。我相信这个传说并无贬义，只是对风里来雨里去、漂泊无定的韩湘子二妈很有些同情。

苍鹰似乎游走于村庄和山峦之间，或许，它们更是山峦中的精灵。因为，村庄里没有谁见过它们在哪里安家，更没有近距离接触，即便是额头布满皱纹的老人，也说不清它们在山林中安家还是在悬崖上筑巢。它们或许就像一片浮云，飘荡在天地之间，到处是家。北山顶上残破的土堡，好多人警告说里面有过去跑土匪时，死人留下的骨殖，一旦进去，会有怨魂附身——这听上去的确骇人。我曾在玩耍时上山，因一时好奇，蹑手蹑脚进入。土堡内除了疯长的蒿草，没有再见到什么。但我是幸运的，没有什么鬼魂缠绕，还在厚厚的土墙下面，捡到了几根褐色羽毛。大人们说，这无疑是苍鹰留下的羽毛。我就十分兴奋，想必这里就是它们的家，它们经常伫立在土堡残垣之上，仰望苍穹，俯瞰大地，山风吹过，灰褐黑的羽毛猎猎作响，像是整装待发的英雄。

这几根羽毛清除掉尘土后，被插在桌子上的一个花瓶里。好几年间，安静的夜里，特别是有月亮的深夜，恍然能够听见苍鹰划过天际，卷起山风的声音。

苍鹰有它们的理想与自由，虽与人类共在一个大的环境里，却始终与人类保持着距离。与苍鹰亲近，在一段时间里，几乎成为一个梦。而能真正近距离接触的，不是身体硕大、姿态矫健的苍鹰，而是同属鹰科的鹞鹰。

四十多年前，父亲携我们离开村庄，迁到百里之外的异地他乡。在那里，有一条从村庄西边穿过的河水，让我没有感觉到漂泊的孤独。河水把河滩推得平平整整，那些软软的沙子，踏上去像踩在毛毡上一样舒服。河滩上不尽是沙石，稍高的地带还长着大片柳树林，树林里铺着长不高的青草。河滩上经常有公社的民兵进行训练，他们跑步，卧倒，走方队，拿着木制的步枪练刺杀，扔训练用的假手榴弹。这是我喜欢的场景，但我更喜欢夏收时的恢宏气势。收麦时节，平展展的川道里，涌动着金黄色的波浪。收麦的大军，约有几百人，他们同时搭在地里，镰刀晃动，红旗招展，"花儿"飞扬，用书本的话说，"到处洋溢着丰收的喜悦"。

麦子收完，高粱即将成熟。那时，麻雀特别多，都饿疯了似的，成群结队地冲到高粱地里，红红的高粱穗子几乎变成了大片灰色，任凭人们喊破嗓子也赶不走它们。生产队里就派出很多人放鹞鹰，我们熟识的苟大叔也在其中。若是星期天，我就跟着苟大叔去放鹞鹰。苟大叔的服装很特别，腰里围着个猪皮做成的满腰转，上面有好多小口袋，里面装着几只已经死去的麻雀，这是鹞鹰的口粮。我便知道，鹞鹰既要时常喂着，以确保它的体力，但又不能喂得太饱，太饱了它会偷懒。

鹞鹰比苍鹰体形小许多，性格也十分温顺，两只眼睛圆得眨也不眨一下，灰白的尖喙弯着小勾，总残留着几丝麻雀羽毛，样子十分机敏。我试着逗它，它扇动着翅膀，狠狠地盯着我的眼睛，我真怕它的利爪把我的眼睛挖了去。平时，它的一只利爪上系着个皮带，一端有个环儿，环儿套在苟大叔的指头上，到了地里，才能放开它。我们走进高粱地，高高的高粱长过了我们的头顶，苟大叔便举起了站在他的手背上鹞鹰。它知道自己是来干什么的，顿时警觉了起来，两只眼睛滴溜溜乱转，一旦发现目标，立即箭一样冲了出去。片刻后，大叔吹一声口哨，它会抓着战利品归来，落在主人的肩膀上，样子骄傲得像位百战百胜的勇士。

离开乡村老家谋生后，我很少再能与鹰们相遇。偶然，好多事情出于偶然。前年春天，因事去了距小城四十多公里的峡谷，我看见了久违了的苍鹰。

峡分四段，前段叫受峡，再是张峡，紧接着是麻峡，后段叫程峡。绵绵延延，扭扭曲曲，一走千里。水归渭水，汇入黄河，山是关山山脉，青藏高原地貌。接近峡谷，朝下看去，弯弯曲曲的峡水像顺手搭在那里的麻绳，还能听见流水与山岩摩擦时发出的轰轰声。山崖陡峭，刀劈斧削一般，小路窄而险，行人像一块松动的石头。进入峡内，黄水翻腾着，膨胀着，涌动着，朝前急奔而去。一块巨石横在水中，拦住了去路，涌动着的水流猛地撞击一下巨石，又急急地朝后卷了回来，发出强大的拍击声。峡谷内，满目的蓝色挡住了视线。这是峡内笼罩着的雾气。这雾气和扬起的水一样，透明的纱一样，更像滴在宣纸上的墨水一样，逐渐渗透，逐渐弥漫。抬头向上看去，两边的石头蜂拥着，悬挂着，要掉将下来似的。

这时，我看见了两只苍鹰。它们张着双翅，先是浮在峡谷上空，几乎静止一样。我叫了一声："鹰！"然后盯着它们，生怕它们从视线中消失。片刻之后，它们在空中滑翔、盘旋，突地，它们冲破上浮的气流，冲了下来，像砸向峡谷的石头。日光的影子一闪，我的眼睛一眨，竟然没有看见它们的去向。一小会儿后，它们又出现在视线中：扇动翅膀，上升，再上升。几个盘旋，它们逐渐变成了黑点儿，最后消失在日光中。

我相信，峡谷奇峻的环境养育了品性坚忍的苍鹰，这里很可能是它们更理想的生存环境。

这些飞翔的石头，是自由、执着、坚强的石头。

时光的流沙

从田地到家里，有很长一段路程，崎岖而且狭窄。月光灰白，路也灰白，树影晃动，路面更显得坑坑洼洼。母亲身体前倾，急匆匆地走着，像是小跑，一双年幼时缠过的小脚，被鞋磨得肿胀。

/ 盛在瓷器里的光阴

　　晨曦微露，四围静寂。年轻的农夫起床后，和往常一样，扛着锄头出门下地。炎阳高照的中午，他拖着一身疲惫回家。推开厨房的柴扉，简陋的屋里香气充盈，直扑口鼻。摆放在灶台上的，虽也是平日里的粗茶淡饭，但更像迎上来的温馨笑脸。他惊讶、犹豫，高兴、感激！这种梦一样的奇迹重复几次后，年轻精壮的农夫开始思索：是谁给了他眼下最温暖的生活？

　　我知道，这个秘密在于盛满清水的瓷缸。

　　水缸置放在厨房的一角，透过柴扉的缝隙就可以看见。有一天，年轻的农夫出门，复又折了回来。厨房的光线昏暗不定，几个光条影子一样晃动，他清晰地看到，一位仙女在灶台边为他忙碌。她是藏在水缸里的田螺姑娘，谁都知道她美丽又善良。好奇心驱使下，不止一次，我趴在缸边张望，瓷缸里的水平静、清澈，看得见烧制时留在缸底的疤痕。拍一下缸体，水波微微晃动，疤痕像泥鳅一样摇摆，粗糙、丑陋的样子，无论如何，都不像是变出仙女的神物。有时，看见映在水中的自己，脸面变形、模糊，宛如故事中的妖怪，觉得很是无趣。

母亲认真地说，水缸里头哪有仙女儿呢，有小青蛙倒是真的。她讲故事，必然是晚上，必然是煤油灯熄灭后，窗户缝里星光闪闪，院外树叶婆娑，柔软得和她的声音一样。她说，谁谁谁家吃晚饭，图个节省，借着月光，没有点灯。照样还是糜面糊糊，家家都一样，和了不少野菜。家里的老人牙口本来不好，加上有野菜根，吃得更慢。老人家一口饭嚼啊嚼，就是嚼不烂。这个野菜根怎么会这么筋道？划了火柴一看，是只小青蛙，已经皮肉模糊。这只青蛙，是从泉水中舀到木桶里的，然后又被倒进了水缸，晚上做饭，再被舀到了锅里。母亲白天上工，那时，我不知道她有多累，刚讲完故事，她就枕着真实的生活细节很快入睡。母亲的鼾声里，我睁着眼睛，听见沟里的蛙声一片。

一条沟由南向北开进村庄的腹地，细长的小路又由北向南斜插到沟底，我们的食用水源就在这里。自然天成的一股泉水，倚着沟壁冒出，汇聚成一汪泉水，它上面搭着的木棚子，遮挡不住东山升起的阳光，泉水中漾着细碎的光斑，跳跃、晶亮。这么甘洌的泉水，如果不是身体力行，还真想不到蓄满水缸并不容易，一年四季，雪雨风尘交替，狭窄陡峭的沟坡，要不尘土弥漫，腥恶呛鼻；要不路滑如油，寸步难行。有两年时间，我守在家里，除了踏遍所有的土地，就是每天往返六次，把泉水挑回家，倒满我家的水缸。好几次，雪雨之后，挑水回家时滑倒在沟坡上，眼睁睁看着木桶滚到沟底，摔成几牙儿。我想着，身体单薄的母亲，利用中午和晚上收工的有限时间，费好大工夫将水缸挑满，那种喜悦一定和看到丰收的粮食一样。

　　水取之不易，家家都节省着使用，除了做饭，大约就是用于日常洗涮。一家三五口，半盆水摆放在木凳上，早晨出门，每人捞起两把水在脸上抹几下。中午回家，用它洒扫屋室，地面上都是一家人熟悉的味道。即便如此，谁会相信水比油还要珍贵呢？胡麻轧成的油，每年队上决算后，才分到农户手中。我家只能分得三四斤，装在一只瓷罐子里，置放在案板的后方，平时难得在饭中见到点滴。一个秋日，我将分得的清油放在门口去玩，回家后发现被猪害得精光，我尽管哭得天昏地暗，仍免不了母亲的一顿饱打。可这么金贵的东西，却是"一碗油换不来一碗水"。青黄不接时，正值盛夏，酷热难耐，通常在中午时分，会有乞丐拍响柴门。他们或许就是我们不认识的亲戚，没有谁家不给他们一点东西的。开门，给一疙瘩糜面馍，他却不走，也不说话，眼神里有疲惫也有企求。母亲不太情愿地说，是要水哩！犹豫一下，盛上半碗水给他，他一口气喝了，转身走时，才能发现他充满感激的目光。我回头看着满满的水缸，的确有一种富足的感觉。

许多东西装在瓷器里，宝贝一样，随岁月渐逝去而彰显光华。小麦面，我们通常称它为白面。每年深秋，队上赶着马车将多数小麦上缴到公社的粮仓，再行决算后，按工分分给每家的，加上自留地里为数不多的小麦，大约有一大口袋了。这段时间里，村子里的几盘石磨几乎没有停歇过，从它沉重的声音里我就知道，好多人家用它研磨出小麦面粉，以备过年之需，青石磨上用手抚摸时留下的温度，让人忘记秋天的寒冷和岁月的艰辛。为防潮，面缸都放在主屋里，糜面缸也不例外，靠在白面缸的旁边，就像一个高大瓷实的人，让人内心踏实。糜面也是用石磨子磨成的，它比不了小麦面，却在饥馑岁月里维系了更多人的性命。靠近水缸的，还有菜缸，浆水缸是享受特殊待遇的异类，放在后灶台上，与"上天言好事，回宫降吉祥"的灶神相邻。它们不分贵贱，都是农家度日的必需食品。春夏两季，蔬菜相对丰富，除了苜蓿、苦菜、灰菜这些野菜之外，还有不少混种在田地里的葱、蒜、萝卜和白菜。冬季难见鲜蔬，秋后，萝卜切片后用麻线绳子串起来，挂在阴面的院墙上，风干后水煮，牛肉一样耐嚼。储存到菜缸里的是白菜，与洋芋一起分回家，整齐地码放在房檐下的台阶上。霜降来临，家家准备腌菜，母亲也不例外。中午，母亲坐在白菜旁边，摘除白菜的黄叶，然后取瓣、用新笤帚扫取上面的灰土，动作耐心细致，神情充满虔诚。晚上，收拾干净的白菜，一朵一朵排着队放入铁锅里的沸水中，稍微焯几分钟后，捞出摆放在案子上控干，第二天清晨，凉冰的白菜就可入缸。这个夜晚和飘浮在院子里的菜水的清香一样漫长、温暖。这种菜我们叫它酸菜，缸口扣上用谷草编成的盖子，捂上大约两个星期就可食用。入冬后，已经见不到新鲜的青菜，酸菜就成了贵重的菜肴，如果做饭的时间紧张，母亲会从缸中捞出一朵儿，切成细条，直接下入锅内。如果时间宽裕，切一些装入盘子，作为下饭菜享用，清脆、冰凉，很是爽口。

俗话说："有盐没浆水，饭味像泔水，有浆水没盐，算是个枉然。"可见浆水和装在瓷罐子里的盐一样，是一年四季不可或缺的调味品。不沾盐、不沾油的面汤，倒在盆子冷却，沉淀，取清的部分倒入缸内，大约三五天就可食用。浆水酸不酸，取决于适宜的温度，灶台经常使用，它的后方不仅有供放置瓷缸的地方，主要是有温度保障，算是一种资源利用的典范。浆水香不香，关键在于添加的作料。好多人家将捡回来的苦菜掐根，洗净，放到缸内，这样的浆水酸得冲口。母亲细心，上工时能拾回生长在田地里的野芫荽，用它当作料，酿出的浆水酸而清爽。大约是有好浆水，队里偶尔把上面来的工作组安排到我家吃浆水长面。派饭时，大喇叭喊个不停，母亲就能提前从地里回来，然后端上小面升子，提一个小油瓶儿，到仓库里去领面打油。这自然是我们改善生活的绝好机会，过年一般。浆水常吃常投，易酸且新鲜。油炝的浆水喷香，但谁家会因此而耗费珍贵的清油呢！烈日炎炎的夏天，雷雨多发，昨日看着泛黄的小麦，转眼间金黄，抢收迫在眉睫。队里的大喇叭催得紧，人人行动也紧，早上天麻麻亮出工，晚上踩着星光收工，中午在家做饭的时间相对缩短。这是些人困马乏的日子，母亲回来，额头上渗着汗珠，显得疲惫不堪。她把镰刀往屋檐下的台阶上一扔，就急着闯入厨房，赶紧抓起粗碗，盛上半碗浆水，一口气喝了下去。浆水性凉，最能解渴，也能提神。我曾经尝试过几口，生浆水的味道其实并不好，除了冰凉，还有些苦涩。

我有时认为，农家囤放在瓷缸里的美食，差不多都是用来招待亲戚的，只有过年才能自由自在地享受几顿。小麦面粉，不分黑白，混合在一起，装在一只小面缸里，约二三十公斤的样子。有个夏天，刚吃过午饭，路过村子的舅舅到家歇缓，我背上绿色帆布书包正要出门，看见母亲在白面缸里取了一小碗面，就知道要做好吃的。我一直在门外站着，当清油的香味窜出来时，实在无法挪动双脚。

于是，天天盼着过年。正月初一，我们都在享受着一年中最惬意的时光。母亲是最忙碌的人，但她脸上始终挂着笑，似乎这种忙碌其实就是一种休息和娱乐。白面从缸里取了出来，加水，揉和，擀开，纸一样放在案板上。一口小铁锅里浇上清油，放几粒花椒和蒜片，清油熟时，香气弥漫，接下来，舀几碗浆水浇入，清脆的一声响，白色的水雾扑面而来，炝好的浆水散发着诱人的气味。一口大铁锅的水这时差不多快开了。擀好的面上撒上了一层面粉，被小心地叠了起来，打磨好的菜刀从面卷上划过，没有一丝声音。随后，母亲把切开的面提起一抖，它们立即变成了长面，宽窄均匀，丈量过一般。面下到沸水中时，几只安口产的灰白色大瓷碗，已经摆在灶台边，张着大嘴似的。用筷子轻轻拨几下，面就熟了，捞入碗中，再浇上浆水，放上盐，被我们摆到正屋的炕桌上。下饭菜不能少，一盘白菜，肯定小炒过，还能看得到难得一见的辣椒丝，红红的，让人觉得有些喜庆。

幸福流淌得太快，回味却很悠长。

我敢保证，谁家没有这几口缸呢！一九八〇年我离开了老家，似乎远离了这些器物，可我每年仍要回到老院子，拾取远去的旧时光。老房子变新、变大了，厨房内基本没有变，那几口瓷缸仍然摆放在原来的位置上，仍然继续它们的使命。缸是安口窑出产的，一律青釉，尽管它们随着岁月渐渐地老去，厚实的缸口多了几个豁口，以前的釉色不再细腻光亮，但我知道哪个是水缸，哪个是菜缸，哪个是浆水缸。不管怎么说，它们一如既往地盛着光阴，那是时间对我们的馈赠，一直让日子充满温暖和吉祥。

而岁月，就这样不老。

/ 不想说出的秘密

宝贝锁在箱子里

娃娃的鼻子就是贱。尾音很重。

我怀疑这句话是在说我。大哥听话懂事，肯定不会是说他的。大人们说这句话时，总拿那种实指的眼神看我，即便是目光从我身上一扫而过，我也会觉得，他们不是在说我，还能说谁呢！我实在是对这句话耿耿于怀，有时，对着饭碗出神，真想让自己的鼻子再不要犯贱。可是，真拒绝不了啊，村庄里的，我家里的，别人家里的，许多味道会主动窜进我的鼻子。那天放学回家，还没有扔下书包，就有胡麻油焆葱花的味道跑了过来。我不断抽着鼻子，口水咽了好几次，说："隔壁来亲戚了。"按照生活经验和生活水平，只有来了亲戚才做这么好的饮食。大哥瞪我一眼，说：
"贱！"委屈的我下定决心，今后就是闻到多好的味道也再
不会说出来。

二月，清晨揉着眼睛出门，风把对面山坡上的一片破土
而出的鹅黄送到了我的鼻子里。我不和任何人说。不久，村
庄里开荒耕种了。

三月，分明闻到苜蓿芽儿的清香。错不了，山坡上的苜
蓿应该能捏在指头肚上了。它们可是青黄不接时的救命菜。
我不会和谁说，可好多人都利用中午和傍晚提着篮子上山
了，大哥竟然也已经知道，还拉着我一起去剜苜蓿芽儿。

五月，生产队的养猪场背后的林子里，几十棵槐树婆
娑，一串串槐花风铃一样垂着，玉一样的白里透着浅绿。那
种香，正如公社商店里出售的洋胰子味，吸进去多了，真怕
醉倒。我同样不会告诉谁，并且，我还知道把花儿采回来，
在开水里焯一下，撒上盐，滴几滴清油，味美如肉。可惜，
家里却没有多少清油。

八月，我闻到了水果的味道。临近中秋节了，天气变
凉。傍晚回家，我得凭借着自然的光亮完成老师布置的家庭
作业。家里没有通上电，我们更不知道电为何物，煤油灯消
耗不起，一公斤煤油，要跑十里多地到公社的商店里去购

买。家里也没有书桌，我们没有听过谁家娃娃写字要有专门的书桌。但有凳子，还很结实，即便故意摔几下，也不容易坏。我把凳子搬到屋门口，坐在门槛上写生字时，偶尔一回头，就有一股似有若无的果香飘浮。我不在意，继续写生字，可这种香就像一只蚊子绕来绕去，干扰得我实在不能安心。我起身，寻找香味的根源。明显，气味是从屋子里窜出来的，当我距离"巷巷地"（土炕与一侧的墙形成的空地）越来越近时，这种味道越浓重。最后，我判定它是从两只箱子里散发出来的。箱子是母亲的陪嫁品，杏木，很结实。据说，当时颜色十分鲜红，红得发光，可惜现在不怎么红且亮了，但很有年代感。我摸了摸箱子，就离开了，因为它们一直用"永固"牌锁子紧锁着。

我不会把这一消息告诉大哥。大哥回来后，扔下书包，开始在巷巷地那里走来走去。看来，他也闻见了箱子里散发出的气味。他不断抚摸那把锁子，最后，竟然找来了一枚铁钉，在锁孔上乱捅。我差不多明白他要做什么，假如他能打开箱子，里面的水果必定会少，并且很有可能他不会与我分享快乐，说不定会因为叫我保守秘密而揍我一顿。于是，我坚定地说："我会告诉妈妈的。"母亲上工还没有回来，或许就在回家的路上。还好，大哥放弃了。

农历八月十五晚上，母亲打开了箱子，拿出了水果。两只苹果，六个核桃大小的花红，一个梨，让我们度过了节日。我本来疑惑，水果是什么时候放进箱子的，等母亲平均分配完这些美好的水果，我迫不及待地吃完后，就忘记了。后来，我从同学的口中知道，大家都享受了水果带来的愉快。村庄的南边，靠着一条沟，那里有二三十亩地，都种了果树。果园打了围墙，专门有人看管。入秋后，果实成熟，那些水果被采摘了下来，然后按家庭人口由生产队分配到户。

箱子里还有什么呢？我觉得箱子很是神秘。

霜降后，生产队的地里稍闲了下来。父亲从另一个公社赶了回来，帮助母亲打碾从自留地里收回来的小麦。小麦打碾后，也有一口袋多，过年时，我们就能吃上白面做的长面了。父亲回来时，恰是星期日，他坐了一辆拉石头的顺风车，是"28型"东风拖拉机。司机中年，脸色略黑，走近了，能闻见身上的一股子旱烟味道。他坐到炕上后，我就知道他吃过午饭才会离开。快中午了，母亲还没有散工，我和大哥已经明白，中午必有美食，便在院子里走来走去，不愿意出去玩耍。父亲进门就收拾红胶泥做的火炉子，找来木柴，准备生火。突然记起什么，喊我大哥过去，要他去找母亲要钥匙。

母亲在麦场里打碾生产队里的麦子，麦场距我家不远，几分钟的路程。不一会儿，大哥兴冲冲地回来了，经过我面前时，扬了一下手中的钥匙，说：“箱子钥匙。”样子很是得意，像是他拥有了家长的权力似的。冲这串钥匙，我也得跟他进屋。

父亲打开箱子时，我们围了过去，看看里面还有什么好吃的，但没有，箱子基本是空的，倒是有一股混合的浓香弥漫而出，能将人掀个趔趄。父亲取出了个铁盒子，放在炕桌上。铁盒子是装过饼干一类东西的，图案上还有北京天安门。炉火已经燃起，产自安口镇的陶砂茶罐也已经准备好，一只搪瓷缸子也摆在了炕桌上。父亲对司机客气地说：“先喝上一罐茶，解个乏气。”

铁盒子里还有一层牛皮纸。剥开纸，里面躺着弄碎了的茶叶，大约叫作砖块子吧。父亲捏了两小块放进茶罐儿，水开了，将茶罐倾斜着把里面的水倒进杯子。那是什么水，暗红。第二杯，深红，第三杯，黑红。两位大人推来让去的，看着实在无聊。

我很失望，走出屋子，对父亲和母亲有些不满。噘着嘴嘟囔说：“又不是苹果，也要锁到箱子里！”

大哥说：“说你是娃娃不懂事，还不信。”大哥就是厉害，"只有好东西才锁在箱子里。"

只有好东西才锁在箱子里！太有道理了。这么说，茶叶也是好东西了。

我又返回屋里。屋里虽然罩满了烟雾，但我还是能看清摆在炕桌上的茶水。也不知道他们喝到第几罐了，茶水发黑，黑得像是化进去了不少黑糖。

好东西我怎么能放过？我端过杯子，大人竟然没有反对。喝了一口，是一大口，还没有咽下去，放下杯子就跳到了院子里，边往外吐边大叫："苦——哇——"

大哥在一旁笑，我就想：这么苦的东西，竟然也会当作好东西锁在箱子里，真是！

树上长的都是宝贝

村庄里，哪能没有树。树是村庄的物质构成。

沟坡头，土路旁，地埂边，山垭口，院落外，都是树。

在村庄，我随便一抬头，就会看见树。随便走几步，就会有树荫笼罩，就会有树叶落在头发上。

东山坡上，除了水平梯田，就是树木。和西山坡不同，东山除了白杨树、柳树，还有杏树和山毛桃树以及柠。杏树和桃树都是成片成片的。村庄的西南，还有一片苹果树。这些都属于生产队集体所有。以我的经验，生产队在乎的是树木的归属权和树木的必然馈赠，比如，杨树、柳树不结果子，它们的经济效益在于躯干和枝条，躯干和枝条可以做犁架、木锨、木叉、耱等农具，可以做檩、椽盖房子，可以做门窗。果实除了食用更可以将核变现，购买村庄里做不出来的农具和物资。所以，属于集体所有的树木，为了使它们像孩子一样健康茁壮成长，都派有专人看护。

苹果园在苹果成熟期，我们是进不去的，除打了很高的围墙，还拴了两条大狗。晚上，大狗会在"跑绳"上游来荡去。杏树和山毛桃树却是开放式的，尽管我们知道有两位大叔，在果实未收获之前，提了牛鞭在山坡上巡视，但他们很难避免孩子们的进入。杏树的叶子，可以捋回家喂猪。我和大哥经常借着傍晚时光上山去偷树叶。看猪吃得很香，我就好奇地嚼了一片叶子，嗯，除了涩，还有些甜丝丝的味道，这与柳树的叶子味道基本一样，只不过柳树的叶子有些苦味。山毛桃不像杏子那样食用，但它们的核儿收集起来后，可以去公社的商店里换来铅笔、白纸、火柴、盐、煤油。还可以烧熟了吃下去治疗哮喘、咳嗽。

队里能看管住村庄的树木，但看管不了春天。

村庄的树木几乎都会开花，只是体现形式的不同决定了人们喜爱的程度罢了。比如，白杨树和柳树开花，是没有多少吸引力的。桃树、杏树、梨树和苹果树开花就大不一样。经年流传的谣语说，"桃花开，杏花绽，急得梨花把脚跺"，村庄里的人不知道他们已经运用了拟人的修辞手法，却精准地传达了对这几种果花的喜欢。花开，香气弥漫，如烟氤氲。特别是桃花和杏花，粉红一片，和晨光晚霞连接，从天而降，仙境也不过如此。此时，我家主屋的桌子上，必然多了两个玻璃酒瓶，以充当花瓶。母亲傍晚散工，或者大哥放学的路上，将桃、杏折下几枝来，插在瓶子里，顿时，屋内明媚了许多，香气袭人。花瓣撒落，我只是为了好看，拣几片夹在书本里，好长日子后已经忘记了它们的存在，突然从书本中抖出来，会吓人一跳，心思马上回到了醉人的春天。

队里看管的是成长中的树木，并不看管果实收获后的树叶。

村庄里，进入晚秋时节，好多树木的色泽由绿转红，继而变黄，进入凋零期。霜降以后，早晨的地表封冻。起得早的人们都会听到山坡上到处传来"括括"声，那是农户们在利用清晨收集过冬的"添炕的"。添炕的除了生产队里分配的数量不多的牛粪，其他的主要来源于山间地埂。有杂草，即所谓的"茅衣";有树枝，大都是从树上自动掉下来的枯枝。当然也有大量的树叶，一些是自己凋落的，一些是用长棍子打下来的。星期天，我和大哥没指望睡得太久，我们都是懂事的孩子，知道收集回家的添炕的越多，冬天就会过得越舒服。打着呵欠，揉着眼睛，背上头一天晚上放到台阶上的背斗，提上扫帚，迎着寒风出门。沿着久已熟悉的山路而去，晨曦并不影响我们弟兄的判断：附近处，如果已经有了扫帚的划痕，说明已经有人将这一片区域的树叶做了标记，我们是不能动的。只好沿着山路继续前进，好多次，运气就是不错。夜里，山风将落下的树叶归集到了山水冲刷形成的壕沟里。那还用得着扫吗？直接装入背斗，拼命压瓷实，回家。

母亲也会收集树叶，除了用于烧火填炕，还有别用。

苹果园里的苹果个头不大，绿皮上掺加着几缕红，躲在叶子的背后。大约中秋节前几天，生产队会派十几个妇女去采摘。母亲就是其中的一个。按理，这劳动让人羡慕，或许可以顺手牵羊，拿一颗小苹果回来。可母亲带回来的却是树叶。她在这两天时间里，摘回来的树叶在房檐台子上能摆三四米。树叶明显都是挑选过的，没有枯烂，没有虫眼。我能感觉得到，它们既然与从野外扫回来的树叶分开而放，一定不是用来填炕的。

我家老宅后面的园子里，有梨树、杏树、樱桃树，还有一棵花红树。花红树的果子比苹果小，味道同样甘美。自家的果子看管得不太严格，刚能吃时，我们一帮孩子们早已经分而享之，只丢下一树叶子。叶子也是好东西，大人们都会把它采摘下来。母亲也会摘些拿回家。同样，将花红的叶子也摆在房檐台子上。

房檐下的台子通风。树叶很快风干，卷曲了起来，那小小筒子里就好像藏了讨厌的毛毛虫。风干了的叶子又被装进簸箕里。有那么一天晚上，吃完简单的晚饭，洗净的铁锅还热着，灶膛里的柴火还没有熄灭。母亲将树叶倒进锅里，隔一小会儿翻一下，隔一小会儿翻一下，直到叶子里的水分全部蒸发，窜出烧焦的味道时，才出锅晾凉。

我不会去打扰母亲做活，大哥也不会。我们有我们的任务，许多生字令人头疼。不过，我仍然会问他："妈在做啥好吃的？"大哥说："不告诉你。"我就怀疑他也不知道答案。

我不急，时间会给出来答案的。第二年夏天，这些树叶会派上用场。进入伏天，气温高得难耐，母亲会烧一壶水，把上年炒熟的树叶抓一把放进去，泡半把个时辰后，水变得暗红，味道甜中略苦。母亲说，这是一种商店里买不到的茶，叫苹果茶，可以消暑止渴——答案竟然如此简单！

牛平时吃些什么

好大好大的饲养院是生产队的，马、牛、驴、骡子等牲口是生产队的。我只想着它们能提供一点粪便供我们过冬，实不奢望他们中的任何一头是我家的。

我观察过了，我家院子小，即便是有一头牲口也没有地方养。还要喂草料，有好多麻烦。

可是，喇叭通知说要把生产队里资产分配到户了。我不相信，甚至有些紧张：那么多东西分下来，该怎么处理呢？再说，生产队干啥去？干部模样的队长干啥去？生产队的大喇叭还响不响？但这是真的，不容我多想。先是分地。土地按优劣搭配编号，写在纸上，折了起来，装在纸箱子里由大家抓阄。分羊也是这样，羊身上涂了号码，在麦场里抢号。农具也分了，连麦场也划了小块，分配了下去。我嘀咕：巴掌大的一块麦场怎么够用呢——我打小笨，根本没有想到几户人家联合起来就是好大的一块。

分马、牛、驴、骡时，我去看热闹，从上午九点开始，中午顾不得吃饭，生怕错过什么似的。大人不感觉饥饿，我自然不觉得饥饿。仍然是抓阄，古老而公平，没有任何人有异议，结果好坏只能靠运气。我喜欢那头额头上有块白毛的灰毛驴，它脾气好，我跟在它后面拾粪时，从未见过它不情愿。我得感谢它，每次没有让我空着伴笼回家。我跟母亲说，你一定要抓上那头灰毛驴，母亲一个劲答应说好、好、好。我便放心多了。可是，我亲眼看见别人牵了灰毛驴高兴地回家了。我赶紧跑去看情况，结果很让我失望，我家竟然抓了头小黄牛。当然，这个结果母亲也不高兴。

我不高兴的是灰毛驴归于别人家，母亲不高兴的是抓回来的小黄牛很瘦弱。小黄牛拴在院门外的柳树下，皮毛稀疏，有些地方还露着白斑。它耷拉着头，混浊的眼睛盯着地面，好像有些不好意思。我听好几个大人围着它议论："这牛娃子有病哩，一看就是消化不良。""这牛娃子要喂上膘，得搭多少好料啊。"还有人说："搭好料事小，怕是要搭钱治病哩。"我母亲被大家说得没有了主张，看着可怜的小黄牛不知如何是好。

牛娃子牵进后院，也没有牛棚，临时支了个背篓填草，但它吃得不多。好几天里，我要和大哥牵着它去西边的沟里喝水。这家伙很让人烦，一路上碰见鸡屎，它要停下来吃掉，碰见墙上的碱土也要啃上几口，尤其是碰见瓦块，就像遇到了宝贝一样，嚼在嘴里死活不吐出来，咯嘣嘣地咀嚼着。大哥使劲扳开牛口往外掏瓦块时，我说："牛吃洋糖哩，算了。"他就骂我："你住嘴！三叔说了，吃石头瓦块的牛胃不好，不能叫它吃。"我就更加烦它。

不久，奔波在外的父亲回来了。他决定卖了这头牛，等开春再买回一头。第二天，牛就被赶到了乡集上。又几天过去，后院里盖起了简易牛棚。

年后开耕前，父亲果然买回了头黄牛。我上学去了，回来时，看见院外的柳树下拴了头牛，而且，还有好多人围观。听他们议论，我就知道是我家的牛。再听大家说这头牛年龄不大，看身材就是头基础不错的牛，不几年，就能赶上村子里最好的耕牛时，我心里十分高兴。看着它发亮的毛色和圆乎乎的臀部，就更加喜欢它了。我的书包里除了弄烂了的课本，还有口粮的残存，我把馍馍渣倒在手上喂它，它伸出舌头卷进嘴里，一点也不怕生，已经知道我是它的主人似的。

这头牛在我家待了近二十年，它的汗水洒遍了我家的土地。

二月二，龙抬头。大哥把牛牵出来，拴在柳树上，那时阳光正好，蚊蝇有声。大哥用刷子为它清理皮毛，还请人给它铲除蹄掌。牛一定知道接下来自己会投入劳动，便很听话，享受着人类给予的关照。接下来，大哥端出一只大缸子，里面盛了植物油。大哥像喂孩子一样给它喂那些植物油，牛也不客气，来者不拒。据说，这一天给耕牛喝些植物油，会清理掉牛身体内的宿便，使它更易于吸收食物，体格也会更加强壮。

青草成长起来，我们会用青草喂它。苜蓿是必需的饲料，我家的一亩多山坡地里，全部种植了紫花苜蓿，春夏时节，苜蓿鲜嫩，每天早上，先要到地里背回一捆苜蓿，用铡刀铡了，添到牛槽里去。看它揽食的样子，想必味道不错。高粱是备用饲料，只要有牲口的人家，都会种些高粱，长高后，同样每天早上割回一捆，铡成寸长的草节，满足它的食欲。高粱秆料不错，有甜味，有未成熟的高粱籽实，牛十分爱吃。

耕种时期的牛，除了以上饲料，还被格外照顾。豌豆富含蛋白质，每年至少有二十多天时间里，我们每天都会为它准备一碗豆子。通常在晚上九十点，母亲判断牛已经将青草料吃得差不多了，会出门将豆子倒到食槽里。半夜里，我隐约听见黄牛反刍的声音，均匀，安详。

用心饲养十分重要。没有青草料的季节，积蓄的麦草和玉米秆是它的食物。麦场里，麦草搭成了高高的垛子，玉米秆也互相靠在一起。选择一个晴天，我们把麦草从垛子上撕扯下来，摊在场里晾晒，然后，用铡刀切割成小截，背了回去，堆放在院前的小屋里，一般情况下，可以吃上半把个月，甚至一个月。但必须在干草料中加入有营养的食物。我家的院子里，还有一个食槽，是专门用来拌料的。干草料倒入食槽，然后洒上清水，再将备好的玉米面粉或者麦麸洒上去，用木棍搅拌，让面粉沾在草料上，这样，就可以转送到牛棚喂牛了。

在整个饲养过程中，还有一点，不得不说。这肯定是个秘诀。

母亲叮咛我们，包括父亲在内，亲戚啊客人啊喝完的败茶一定不能随便倒掉，要收集到厨房里的一个木桶里。我领命照办，每有来人，若是他们喝茶，我必定耐心等待收拾败茶。有的人不自觉，会将杯中败茶随意倒在地上，我很不乐意。看着他们有这个动作时，我会立即上前抢过茶杯。他们笑了，我却得意。

十分不解，这些东西能有什么用呢？我不会去问，我知道我总会有机会知道答案的。牛吃草料时，母亲提着木桶进入牛棚，将那些败茶叶倒进食槽。我看到，牛会迫不及待地伸头过来，将它们吃掉。

母亲告诉我，别小看这败茶，对牛来说，它可是一味清火开胃的良方。

/ 旧物的光芒

杏木炕桌

天还没有黑下来，院子里落下一半阳光的暗影，一半若有若无的晚霞。我和哥哥坐在房檐下的台阶上，玩猜过上百遍的猜谜游戏。这些谜语简单得几乎没有道理，但又因为简单而显得难猜。连躲在院外大榆树的麻雀们，也对此议论纷纷。

"谜谜谜，两头细。"这是擀面杖。

"一只黑狗，朝天张口。"这是厨房顶上的烟囱。

"绿公鸡，白羽尾，亲戚来了先杀你。"这是大葱。

"一个木娃娃，亲戚来了先趴下。"这是炕桌。

在厨房做晚饭的母亲，透过窗户，就能看见我们。她听见我们又在说那些谜语，念叨说："真该做个炕桌了。"

炕桌是用杏木做成的。我家门前有二分左右的土地，里面长了几棵槐树、榆树和杏树，因为小林子的空间还大，就从集市上买来了白杨树苗子，每隔一步栽了一棵。白杨树适应性强，容易扎根生长，春初种下去，仲夏时节，已经在直直的树干上，撒出巴掌大的灰绿色的叶子。这已经算是一片小林子了。南边的一棵桑树，树干直直的，长到碗口粗细时，被人偷了去。小林子里还有一棵樱桃树，不知是什么原因，樱桃总只有麻豌豆那么小，青青的，永远不能熟得透明。倒是那些杏树，每年春天来临时，在枝条上绽放出一团一团的白里透红的花朵。

入冬后，伐了小林子里的一棵七扭八歪的杏树，等风干后，请木匠用它做了一副犁，三只半尺高小板凳，还有一个四四方方的炕桌。炕桌的桌面木料厚实，四条腿粗壮，棱角分明，母亲经常用蘸了胡麻油的布片擦拭，桌面就逐渐泛出深重的紫光，木头的纹理也清晰可辨，显得笨拙而古朴。

家里来了亲戚或者客人，总是要劝他们上炕坐着，然后把炕桌摆到炕上去。大多数时间里，炕桌放在面柜上，好像一件陈设品，就像那只面柜一样，虽然空着，却似乎证明我们家的家具一样也不缺，或者日子过得很滋润。就连我们吃饭，也不去用它——坐在门槛儿上、屋檐下的台阶上，就可以解决吃饭问题。当然，有时，我们拿它当书桌用。弟兄仨头不时碰到一起，并且各自的书也不时掉到炕上，这样就难免发生内战。更让母亲难以忍耐的是，我们竟然在炕桌上面写字算数，母亲终于说："当初没有它，你们咋写字呢？"便不再让我们使用炕桌。我们弟兄便恢复了往日的平静，老老实实地趴在炕沿边做作业。

能上炕桌的，在我的眼中，都是些美味佳肴。一天中午，我们刚吃过午饭，就来了几位亲戚，是我母亲的娘家人。他们原本是去几十里外的集市上，为队里运春种的化肥，路过我们家时，想休息一会儿。母亲见多年不见的亲戚来了，显得十分高兴，连忙劝他们脱鞋上炕，并摆上了炕桌，还找出了一包"双羊"牌香烟劝他们抽，很快，屋子里就香烟弥漫。亲戚们围着炕桌抽烟喝水，母亲在厨房点火为他们做饭。半小时后，厨房里透出烙油饼和油炝浆水的香味，这些香味渗透了空气，在院子里弥漫、飘荡。

这时节，我背好了书包，就在大门外站着，我要去两里远的小学上学。但是，我的脚却不由我自己支配。从厨房里弥漫出来的气味，我，我们，一年中也难得遇上几次！我中了埋伏似的，不能突破香味的封锁。我是愿意做俘虏的。那些泛黄的油饼，幸福地躺在一只瓷盘子里，被母亲托着，从厨房走出走进。是的，我听到了盘子落在炕桌上的声响，听见油饼被咀嚼时发出的痛苦的喊叫。后来，我确定声响是从我的肚子和喉咙发出的，便惶惶地走进了院门，站在房檐下，期待着盘子从我眼前经过。显然，母亲并没有发觉我还在家里，当她看见我时，吃了一惊："你咋还不去上学啊？"我盯着地面，没有言语，但母亲很快明白了我的心思。她转身走进屋子，给我拿来了一块我想要的东西。但所有的获得都是要付出代价的。这一天，我怕老师打我的屁股，没敢去学校，第二天，因为前一天没有去学校，就更怕老师打我屁股，不敢去学校。最后，我逃学了，最后，我只好又在村学的二年级上了一年。一直到现在，亲人们说起我的时候，必然要说起这件事："那个时候，娃娃都饿着呢。"

立在面柜上的炕桌后面，会出人意料地放着些糖果一类的东西。是一九七六年，要不就是一九七七年的除夕，时间尚早，但天阴着，快要黑下来的样子。这和往年一样，肯定会在深夜时分洒下些雪粒。两个哥哥已经提着纸糊的灯笼，在院子里放鞭炮。他们是把整串的鞭炮拆散，一只一只地放，鞭炮"啪"地响一声，我就跺一下脚——鞭炮被藏了起来，不让我放，我很失望和气愤。我翻遍了有可能藏着鞭炮的地方，后来爬到面柜上，朝炕桌后面一看，意外地发现，炕桌后面放着一袋水果糖和一把红枣。我便偷偷拿了几颗糖，故意在哥哥眼前摆弄。果然哥哥上当了，问："哪来的糖？"我说："捡的。"哥哥想吃水果糖，我就提出用鞭炮交换。

或许，哥哥早就知道这个秘密。这个大年三十，我们没有像往年一样等到父亲回家。往年，父亲最迟应该在年三十下午回来，糖果和父亲带来的气息，使每个除夕显得快乐无比。可父亲在这天却捎来口信说，领导临时安排他在单位值班了。这个年三十，我们比平常多了些失望。天完全黑了，大片大片的雪花飘了下来。我和哥哥趴在炕上静静地看着母亲。煤油灯下的母亲，显得比平常沉静了许多。母亲说："过年了。"母亲又说："你们不高兴？年（糖果）就在炕桌背后呢。"我们等于听见了许可的号令，赤着脚跳下炕，纷纷挤到面柜前。母亲从容地从炕桌后面抓出了几袋水果糖，是那种一毛钱一包、一包十颗的水果糖。这个年因此就过得有滋有味。

如今，好多人家不用炕桌了。来了亲戚，都坐沙发上，茶几取代了炕桌。我家的这个炕桌，一直用到二〇〇五年。这年，老家在北边修了一排新房子，于是，来了亲戚，他们也不大上炕了，喜欢坐到沙发上。但这个炕桌，仍然摆放在面柜上，散发着紫红色的凝重的光芒。

去年带着宝贝女儿回家后，我鬼使神差地朝炕桌后面张望。这个动作让女儿莫名其妙。她好奇地问我："爸爸，后面有什么东西？"我说："后面有宝贝。"母亲不习惯坐沙发，她坐在炕沿上，看着我们的举动，皱纹里露出不易察觉的笑意，或许，我的举动，让母亲找到久违了的温暖。

女儿朝炕桌的后面看了一下："什么也没有啊。"母亲笑笑说："刚才你爸爸看了，就不灵验了。你明儿一早看吧。"

女儿的这一夜，想必是在等待中度过的，天一亮，她就去看炕桌的后面。我的母亲，想必也是在兴奋中睡到天亮的，她早早地立在面柜前。女儿从炕桌后面取出一只还冒着热气的玉米棒子，愉快地喊了一声："哇！"

我看见，我的母亲，脸上的笑容十分灿烂。

沉默的闹钟

这些年，我拼命地和时间赛跑，总有一种被遗弃的恐慌感。我和朋友不时说起时间，时间，时间。嗯，是的，说起时间，我就会想起那只钟表。

上学时，学校距家十多里山路。山村的凌晨，公鸡醒得早，站在院子里的任何一个部位，伸长脖子"呕呕呦呦"地叫鸣，就像我们十分熟悉的杨柳青年画上的那只神采飞扬的大公鸡，但我家公鸡的头顶上，没有那红光四射的太阳，因为公鸡叫第一遍的时候，太阳还在海里泡着呢。然后是狗吠了，驴叫了，还能听见村子里谁家的大门开启时发出的"吱吱"声。若是日暖花开时节，有个我们通常叫作"天明鸟儿"的，比公鸡起得还要早，躲在院外稠密的树枝间，"吱——啾啾啾"地唱着，声音清脆绵长，笛子一般好听。这些，都是我们早晨起床的报时器。

事实上，这些物候还是误事。比如，天阴的时候，公鸡的自然钟就会失灵，天明鸟也会偷懒。再比如，月亮特别亮的夜晚，昏睡的大公鸡突然醒来，一看整个世界通明透亮，以为应该报时，便鸣叫了起来，一只叫了，全村的公鸡就都叫了。山村的月光，最能迷惑人的感觉。天还没有亮，却看见晨曦从门缝透了进来，在黑暗的屋子里，划着些水纹一样的印痕。这时节，母亲迷迷糊糊地惊醒了，急急地拍着我们的脑袋，叫我们起来："快，快起来，要迟到了。"去学校的路上，月光使四周十分安静，安静得能听见狐狸在山坡上走动的声音。来到位于镇上的学校，校门还紧闭着，一副沉睡的样子。当黎明来临之前，瞬间的黑暗笼罩住我们以及小镇的时候，我们才知道不仅仅是来得早了，而是来得太早了。放学回家后，就瓦着个脸，生气的样子让母亲惶惶不安。

同学小灵，是我们中最先有钟表的，他的父亲在距村子二百多公里路的一家运输公司开汽车，平时，除了能从油箱里抽出些柴油，用于点灯外，还可以在冬季来临之前，从车上卸下一些黑得发亮的大炭，我就觉得，那是一个多么令人羡慕的职业啊。他叫我们去他家看那只钟表，表摆在桌子中央，头上有两只和自行车铃铛差不多大的碗子。小灵说，时间一到，它们就响，还强调说："准时得很。"于是，我们弟兄抱怨母亲："有个钟表不是就能按时去学校了吗？"

母亲愣了一下，说："那得多少钱啊！"

母亲虽然这样说着，但并不叫我们弟兄失望。不久，父亲就买回了一只闹钟，是红壳子的，长方形。我们十分兴奋，便在桌子上腾出一点地方，把它摆在中央，还在它的左右各摆上一个插了塑料花儿的酒瓶子。好几个夜晚，我趴在炕上，盯着那三只镀了夜光的针，觉得是三只小虫子，互相赛跑。闹钟上面的一只鸡坚持不懈地啄食，发出"嘀嗒嘀嗒"的声响，好像在我的胸膛走动，让人难以入眠。有好几个清晨，我们弟兄先于闹钟设定的时间醒来，躺在炕上，等待清脆的闹铃声响起。

我相信它一直走得很准，但别人说一直不准确。一天早晨，我们在上学的路上，就我家的钟表走得准与不准，争吵了一路。小灵说："咱们约好了是早上六时挨家叫同学们走，你却在六时过六分叫大家。"我说："是你家的表走快了。"吵吵嚷嚷时，一些同学说我家的表不准，一些说是小灵家的表不准，甚至还有人说："嘿，我家的公鸡最准了。"我心里不服，但真的怀疑我家的表走得不准。因为，当挂在墙上的广播报送"现在是北京时间二十点整"时，我和哥哥抢着拧钟表后面的钮儿。

　　那天父亲回家，我正坐在屋门槛儿上写作业，隐约听见父亲问："这表走得怎么样？"母亲说："走得好着呢。"我立刻扭过脖子，大声嚷："啊？根本走不准的。"

　　父亲"哦"了一声。

　　钟表是父亲从县城买来的，那时节，他的工资才六七十元，就这个钟表花去了十六元。父亲把钟表装进帆布挎包里，骑着自行车，朝着百里以外的六盘山脚下的老家前进。一路上，他很是疲乏，但内心却很愉快。就在一个上坡的地方，一辆挂了空挡的手扶拖拉机迎着父亲，冲了过来。他被挂倒了，装着新买的钟表的挎包摔到了路旁的地里。父亲爬起来，捡起挎包，掏出钟表一看，原本走动的钟表已经不走了。他摇晃了一下，表又走了起来，并且发出了欢快的"嘀嗒"声，他又把表放进了包内。这次事故，摔碎了父亲的眼镜，擦伤了他的右脸颊，还有，他一直推着碰坏了的自行车回到了家里。

"表可能是摔坏了。"父亲惋惜地说。走时，他带走了这只钟表，几天后又捎了回来。但修理后的钟表仍然走得不准，它好像和人闹别扭似的，原来是慢几分钟，现在却是快几分钟。

"这也叫钟表呀？！"我们常常对钟表表现出强烈的不满。

母亲说："有总比没有强吧？亏你们还念书呢。"我们便觉得理亏。几年里，就用减法校对时间。我家的表如果是十二时，那一定是十一时五十五分。

我找到工作的第二年夏天，也骑着自行车从县城出发，赶回距县城一百公里的六盘山脚下的老家。半夜里，蛙鸣声或远或近，此起彼伏，恍惚在屋子里、头顶上回响。我突然想起了那只走不准的钟表，便聆听它发出的声响，但没有听到，黑暗包裹着屋子，屋子平静得出奇。天亮后，我瞅着摆在桌上的钟表，问母亲："没有上发条？"母亲平静地说："不走了。已经好几年了。"

钟表的确已经不走了，但工艺品似的，仍然占着桌上的那个位置。几年后，年迈的父亲对母亲说："这只表，修修，或许还会走的。"母亲说："不用了，娃娃都大了，用不上了。我也闲下来了。"我脱口说："那还不如把它扔了算了。"母亲惊诧地看着我，好像我犯下了什么不可饶恕的大错误似的。这只钟表，母亲在收拾屋子时，用毛巾仔细地擦拭着，上面的瓷器一样的暗红色釉子竟然没有脱落下一片儿，仍然泛着深沉的光芒。

前几年，我的孩子也开始上学了，我和妻子总是先于她起床，为她准备早餐，然后叫醒她，再送她出门。现在，她长大了，虽然学校距家不远，但由于她晚上躺在床上，总要背着我偷偷看书，天亮便不能按时醒来，害得我和妻子仍要先于她醒来，冲着她的房间大喊大叫。这是我和妻子的一块心病。我对妻子说："给孩子买只闹钟吧！"就为她购买了一只闹钟，是塑料外壳的，鸭子形状。从此，每到早上六时，闹钟就会在孩子的床头上叫响："呷，呷，宝贝起床；呷，呷，宝贝起床。"

每当这时，我躺在床上，迷迷糊糊的，想起老家桌子上的那只钟表。母亲那时很辛苦啊，白天在生产队劳累一天，本该在晚上好好休息，但为了能在清晨按时叫醒我们，她经常半睡半醒。这只钟表，或许，不仅仅是父亲给我和哥哥买的，可能，那也是父亲送给我的母亲的礼物。这应该是钟表至今仍然摆放在桌子上的唯一理由。

旧房子

院落东西走向，倚山而建。山不高，人们都说，山形酷似安详而卧的虎，于是，山便被叫作"虎山"。虎山多树，山腰上，长满了桃树，山顶上，大多是杏树。春来时节，粉的桃花，白的杏花，宛若悬空了的薄纱，把山坡点染得仙境一般。这是我喜欢我的村庄的一个重要理由。因此，我还喜欢那首叫《在那桃花盛开的地方》的歌曲。我家的院落，躺在山弯，就像是坐在温暖的怀抱里。

这座院子是一九七八年修成的，院里不大，二分来地，房子不多，有两间正屋，正屋旁边是一间厨房。岁月推移，我们弟兄都长大了，房子便紧张了起来。一九八二年正月的一天，父亲先用目光，然后用脚丈量着院子，最后，手指着西南角，坚定地说："要在这里盖一间房子。"父亲很快购置了木料和瓦块，正是桃花、杏花相继开放的时节，请村里人帮忙，几天时间里，就建成了这座房子。房子依然很小，盘上火炕后，几乎无法摆下桌子。

腊月，大哥便在这间房子里结婚。

结婚时，小房子精心布置了一下，就充满了喜气。房子的窗户上，糊上了那种泛着油光的细白纸，细白纸上贴上了窗花。这些窗花，都是父亲从县上的印刷厂买来的，并且，图案明显地挑选过，比如莲藕、石榴、牡丹。屋里的土墙，都拿报纸糊了，白面糨糊的味道直扑鼻孔。炕那边的墙上，钉上去了一张胖娃娃骑鲤鱼的年画，还有一套春夏秋冬的四条幅。靠窗户的墙角处，用一呈三角形的玻璃，做了个悬空的支架，上面搁了一盏清油灯，这盏灯，按照习俗，一直燃到天亮。

修建这间小房子时，父亲和母亲经常谈论着一些婚娶的细节，我从他们的言谈中，知道大哥要结婚。那时我在中学住校，周末回家，碰上大哥，就冲他直笑，笑得他脸红耳赤，生气地说："你再笑，我就揍扁你！"并且"一看见你就烦"。当然，他没有揍我，我照旧笑着，一直到他结婚。我喜欢这间屋子，是喜欢从房子里散发出来的香味。院门的右手，就是这间小屋，还没有走进大门，就感觉到香皂淡淡的气味，飘浮在空气中。这种香味我觉得很熟悉，但就是叫不上名字，一直到农历五月，村北的瓦窑坪上的槐树枝丫上，挂满一串串白中透绿的槐花，半个村庄泡在香气中时，我才知道，从小屋散发出来的气味，是槐花香。

三年过去了，大哥还没有孩子。这对于家庭来说，好像是个大问题，甚至，对于整个村庄来说，也是个较大的疑问，因为，总会有人投来问询的目光，还有人私下里塞来一些药方。为此，父亲和母亲显得焦虑不安。在大哥大嫂求医的过程中，母亲对父亲说："要不，找个阴阳先生算一算？"父亲对迷信不太感兴趣，对母亲的话置之不理，这让母亲更加焦虑。她再次对父亲说："为了他们，咱就相信一次吧。"父亲犹豫再三，终于同意了。母亲托人找来了当阴阳先生的远亲，他在院子的四周溜了一会儿，又用刻有八卦和天干地支的罗盘，在院子里测量了一会儿，下结论说，那间小房子没有修在时辰上，犯"煞"。按照阴阳先生的指点，入秋后，我家的东北边，又修起了一座房子，两大间。腊月，大哥他们便搬了过去。

我住进这间小房子后，墙上又补上去了一些内容，如正面印着明星头像，背面印着流行歌曲的那种图片，还在裱糊墙壁的报纸上，用毛笔七扭八歪地写了"好好学习，天天向上"，"数风流人物，还看今朝"一类的话。可笑的是，我的学习成绩，一直居于下游。冬天时，土炕热乎乎的，我躺在炕上，听见炕洞里那些从山野里扫回来的枯草、树叶，发出"毕毕剥剥"的燃烧声，就迷迷糊糊地想到了春天的阳光，以及山野里的冰雪的光芒。我喜欢吸着鼻子，嗅那种槐花香。五月的槐花，被做成了香皂，大哥两口子把它洗成了水，洒在了地上，于是，小屋子在很长一段时间里，浸泡在五月里。

我没有数过房子上的木椽有多少，但我算过窗户上的木格子。一九八四年冬天，村北的山上，乡、村、社三级组织开展整修水平梯田运动。我随大哥去了。那是一个多么壮观的劳动场面呀，现场红旗招展，高音喇叭歌声阵阵，别说是参加劳动，就是一旁看着，也不会感觉到寒冷——人们高涨的热情，压过了呼啸的寒风。我的后面，跟着一位和我差不多大的女孩子，由于她的气力不够，取土时，铁锹滑过冰冻着的地面，直接铲在了我的脚后跟上。我受伤后，在炕上躺了近两个月。躺着，是十分无聊的事，睁开眼睛，最先看到的是小房子的窗户。

被我的目光盯过无数遍的窗户是方形的，那些个有棱有角的木条子，互相交错着，组合成三十六个方形的小格子，每个格子的边，约莫十厘米长。很明显，窗户是用白杨木做成的，因为在它的上面，还有天牛幼虫啃出的小洞。大哥搬走后，糊在方格子上的白纸和窗花，被风撕扯得七零八落，我很少去重新裱糊。半夜，合上双扇窗子，冬天的风吹动窗纸，"哗哗"作响。有月亮的晚上，月光带着寒气从门缝进来，借着一丝光线，睁眼发现，头顶上有许多银色的星星眨着眼睛。有一天，一滴水落在脸上，仔细琢磨，才知道那些星星，是屋顶上潮出的水汽结出的冰花。

一九八六年，我离开了老家，小房子便在很长时间里空着。几年后，就做了堆放杂物的仓库。但小屋的土炕还在，墙上的画还在，屋内淡淡的槐花香还在。前年，大哥在院子的北边，重修了一排新房子，前墙全是白色的瓷片贴面，窗户用塑钢材料做成，套在上面的玻璃洁净透亮。新房子建成，大哥捎话来，说要庆贺一下。我站在院子里，从任何一个角度看，那座小房子，实在像是打在新衣服上的补丁。我说："把这间也拆了吧。要不，也修一间像样些的。"大哥说："不急，不急，留着吧。"

大哥有大哥的理由。或许，在他的心里，它还是新的。

/ 通往生命的隐喻

那条水渠，依山脉走向扭到远处，没有人探究它的尽头在哪里。养猪场的后院，斜对着老宅的大门。站在门口，我一眼看见养猪场后院被水渠切成两半，少见的清水，抖动着波纹，使透明的空气里泛着蓝色。北边的渠帮，借着山崖，镢头的痕迹像一笔一画写字，刷得齐齐整整，它的上面，细心雕刻的城楼放射着万丈光芒，直接头顶上的日光。我肯定是惊呆了，口里喃喃自语："这么好看的水啊，这么好看的地方啊！"

光线模糊着双眼，分辨不清这是哪间屋子，屋子里还有些谁。一滴冰凉跌落在额头，那不是水渠中流动的水波溅起的水花，我慢慢看清了母亲的眼睛，看见了一串泪珠。母亲说："娃娃烧糊涂了，娃娃是烧糊涂了！"我不懂母亲说些什么，觉得头里装了许多石块，沉重而疼痛，头枕在母亲的臂弯里，死一样很快入睡。我不知道是什么时候醒来的，三四岁的我也记不下许多细节。后来知道，这一年夏天，我淋雨后发烧，大约三天之后，在外地的父亲赶了回来，请来的大夫说，这孩子已经性命不保了，即便是活了下来，不痴也傻。六十年代的村庄，死一个孩子能有什么呢？许多人动员母亲："丢了吧，丢了吧。"赤脚医生也艰难地摇着头："我是尽力了，我是尽力了！"母亲想起村外丢弃死婴的深沟，就连连摇头，坚决地摇头。她不断在我的身体上擦拭酒精，在额头上敷冰毛巾，三天三夜后，我终于活了过来。"身上像着了火，"我说，"我看见了水，看见了光。"好多人说，这娃是发烧说胡话哩。

没有人相信我的话。是的，谁会相信呢，我也不相信啊。病愈后，我站在老院子前面的一小块空地上，靠着一棵榆树，看着养猪场后面发呆：北山下面只是养猪场和一小片树林。眼下这个季节，树木长得正旺，叶子密不透风。空气里，偶尔弥漫着猪场的腥臊气息，当然，也有树木散发出的清香，是槐花香。它们在吃饭的时候就会钻入鼻孔，让人生气。当然，它们不管怎样被流动的空气混合在一起，但我还是能够分辨得出，多少年了，一直这样。可是，我突然喜欢这个地方，说是喜欢，或许用词不准，只不过开始喜欢去这里看看。以前去过多少次？实在记不起来。

高烧退去后，虚弱的身体抵挡不住外面的诱惑。孩子就是孩子，只要能动弹，一定不会安分在家。经验告诉大人，只要病后的孩子好动起来，那应当是大好事，大人们怎么能不高兴呢。养猪场后面的小林子，不大，树木不多，品种却多，榆树、槐树还有几棵杏树和毛桃树。地上的野草也多，至今叫不上名字。一个人，不见得就玩得不高兴。蚂蚁排队，搬运东西；一只瓢虫爬上草尖，又掉了下来；野黄菊的战场上，一只蜜蜂和一只黄蜂打架，两败俱伤，我不知道该帮谁；一只蝴蝶的尸体被微风掠起，它的翅膀上有几处残缺；随便撒泡尿，一个小洞里，钻出一只小虫子，惊慌而逃，看着它那样子，觉得十分好笑。在养猪场后的小树林子里，我多次看着山崖出神，流淌清水的渠哪里去了呢？它不是明明从山下摆过吗？没有水渠，那些雕刻去了哪里呢？想着这些莫名其妙的问题时，手中折下的草茎，无意识中被撕得细碎。

想不出，再不去想。

一些细节，已经被粗糙的光阴涂抹得模糊不堪。我从养猪场后的小树林回家，几乎每次衣服上都沾满了泥土以及青草染下的绿色印痕，我知道没有哪一位母亲会责怪孩子弄得太脏，村子里的孩子都是和尘土、泥巴一起成长的。一次，我告诉母亲，我的左耳内有些疼痛。母亲说，可能是小虫子溜进了耳朵，不要紧，滴几滴药水保证杀死虫子。随后，脱下我的衣衫，进行了彻底的搜索和消灭。几天后，耳朵内的疼痛丝毫不见减退，半个脸也肿胀了起来，以至于连饭也无法下咽。我担心那只顽固的虫子，像蚕食树叶一样，把我的耳孔当作自己的美味佳肴。哭，我在一边捂着脸惊恐万分，号啕大哭。母亲也紧张得不知所措。

　　发高烧时，据说有位姓陈的赤脚医生一直守在我家，母亲用来擦拭我身体的酒精和棉球就是他提供的。但我对他印象不清。孩子们对医生大致上都没有好感，主要惧怕他装在铝制盒子里的玻璃针管。他问我是不是耳朵里不舒服，使劲用指头或者用柴棍子掏？我听不懂陈大夫浓重的天津方言，淌着眼泪只顾摇头。最后，他判断的确是耳朵里钻进了虫子，也不排除高烧引起的后遗症，我得了中耳炎。我一直对服药有一种天然的排斥，难以下咽，卡在喉咙，呼吸困难，眼泪直掉。唯一的办法是打针。陈大夫向我说着什么，母亲又把陈大夫的话翻译给我听。总之是耐心劝导，还有引诱。为了不再头痛，加上陈大夫可以给我糖豆吃，我勉强同意配合打针治疗。母亲说："一点不疼的。"陈大夫大约是说："不疼不疼，只有一点点痒，蚊子叮一下的感觉。"

养猪场后面的小林子，在我眼中就是大自然赐予的乐园，可以缓解病痛。我可以自由地自言自语，可以把任何花草，不在大人的干涉下，做成自己喜欢的东西。花草做成的东西，或者根本什么也不像，只是一个形状。这形状充满欢乐和快意，真正属于自己。我讨厌玻璃针管，讨厌青霉素。一周时间里，中午或者晚上，我被大人捉住，压倒在土炕上，我就知道陈大夫已经到家。玻璃小瓶子注入液体后，陈大夫将它拿在手中，上下、左右摇晃，白色的粉末很快溶解，从这个时候开始，我哇哇大哭，使尽力气挣扎，试图摆脱大人们的控制，即便是求助于母亲，也无济于事。由此，我对母亲也充满了敌意。深夜，母亲在我的肿痛的屁股上，敷上热毛巾时，才觉得疼痛有时也是幸福的。

我宣告再不打针，否则就决不回家！我知道不回家的话，再无处可去。或许有一定的胁迫作用，果然，此后一连几天陈大夫再没有出现过。某天下午，有人喊我回家，说是家里煮了鸡蛋给我吃。那可是用来换钱的东西啊，只有在过年时，它们被炒成碎片儿，在先人们的牌位前出现。奢侈的美味，深藏陷阱。我跨入家门，马上就擒。我哭之外，还恶毒咒骂陈大夫。陈大夫的眼镜片一闪一闪的，他近乎发誓"这次保证不疼"，如果疼痛难忍，可以踢他的腿，抓他的脸。果然不疼，我露出了笑容，陈大夫也高兴地笑了起来。据说，这次打了链霉素。

对我的那个梦，陈大夫说是幻象，他说肯定是我在小人书里面见到过，只是模糊不清而已。可惜，他没有真正见到村子里的水渠穿过。当然，刷得光滑的渠帮上被雕上去的大字，他也没有见到。

水渠修建时，是一九七六年。那一年，发生了许多大事，比如，我们一家从老宅子分了出来，搬到了村路边上。新院子与老家及养猪场呈三角形，等边三角形，互相间距离不远，我很少去养猪场玩耍了。新院子的后面，热闹多了。盛夏还是初秋，实在记不清具体时间。某天早晨起来，睡意未消中揉着眼睛去上村西边的小学，发觉身边有些异常。东山根下，突然来了一大批人马。到中午回家时，看见他们插上了红旗，搭起了帐篷。几个月后，东山根削去了几十米高，齐刷刷的墙面上，用铁锹刻写下了"水利是农业的命脉"八个大字，笔画方正，大小一致。我开始喜欢往工地上跑，看他们打夯，听他们唱"花儿"。

水利工程专业队要把水渠修到另一个村庄去，让这条连接着王湾水库的大渠，灌溉两旁几千亩粮田。队员是公社所属的村庄的精壮劳力组成的，在机械并不发达的时期，也算是有些专业的味道。几百人在开挖土方，几十人推着架子车运送土方，几十人扯着十几个石夯，齐溜溜地摆开，"嗨哟""哎嗨哟"的号子声中，几百公斤重的石夯恨恨地砸向地面，地动山摇的感觉大于场面壮观。薄暮降临，队员撤回，那些简陋的劳动器具归集在一起，由专人看管着。他就住在木棍搭成的棚子里，油灯的光斑透出帆布的缝隙，星光下显得孤独单薄。斗胆靠近帐篷，听见里面哼着小调，委婉凄切，很是中听。白天，放学路上，知道帐篷里住的是没有家室的中年人，个子不高，满脸铁黑，样子有些丑陋，但工间休息时，男男女女都喜欢叫他"漫花儿"。甘肃、青海、宁夏独有的花儿，唱的是心病，是相思，腔调时而低沉，时而高昂，时而千回百转、揉断肝肠。没有乐器伴奏的声音，仿佛穿过时光的艰辛和不幸，在遐想的美好中，女人们脸上就有了异样的表情。

和大多数孩子一样，好奇与兴趣差不多都是短暂的。红旗、人阵，打夯、筑土，日复一日，很快，我对水利工程队失去了兴趣。转眼两年过去，某年深秋，工程队迅速撤出村庄，意味着连接王湾水库的大渠已经竣工。冬天里，积雪覆盖了四围的山坡，而那一条削去皮肤的渠帮，没有了草木的呵护，风吹过，很难留住雪花，不管如何逶迤，仍像灰黄色的大绳一样难看。春天来临，冬眠的麦禾泛绿。天黑下来，一直没有沉寂过的广播匣子，又在我家的门框上方响了起来。对于它的发声原理，我丝毫不感兴趣，兴奋的是，广播通知说明天春灌。"春灌"一词，在当时村庄的生活用语中十分陌生，苍白得有些突然。大人们肯定弄明白了，可没有谁愿意告诉孩子们。当然，从人们的言谈信息中，知道这与水有关、与水渠有关时，仍不失为一件刺激的事情。

想必十里之遥的路途还算漫长，渠水顺着新建的大渠进入村庄时，已近中午。这一定是具有历史意义的大事件，男女老少，精壮劳力，都站到渠帮上张望，夹道欢迎远方的贵宾似的。"水来了，水来了！"有人一路奔来，挥着手呼喊，十分激动。看到水了。它与我的梦境实在是差别太大，可我在现实的兴奋中已然忘记了它与梦的关联。渠水不是波涛奔涌的模样，只有十几厘米深，慢腾腾的像是蠕动，卷着杂草、木棍，浑浊得如同泥水，一副历经艰苦跋涉的样子。十几分钟后，水位变高了，经过养猪场后面的水渠，然后进入村西边的渠道，那里有几百亩粮田。几位被队长指定了的男劳力，肩上扛着铁锹，静候在那里，准备把渠水引入土地。

夯实的渠帮是坚固耐用的，大家可能都这么想。千里之堤，毁于蚁穴，是大家后来才想到的。人们跟着水头前行，没有发现水速变缓，水位降低。落在后面的人看见了：养猪场后面不远处的渠中，水开始打旋儿，慢慢地，旋涡越来越大，渠水没有走到预定的地点，从没有水泥块浇砌的地方排泄了。猝不及防的意外，使人们惊慌失措，喊叫，奔跑，取铁锨，运麦草，堵漏的现场一片混乱。泥水流入村庄，在低洼地带囤积、漫延、钻进鼠洞，进入几户人家的厨房，甚至冲垮生产队的围墙，漫进牲口圈。

许多人都在传说，渠水从水库出来，一路上，各个村庄几乎都出现了渠帮崩溃的现象。第一次春灌以失败告终，第一次冬灌也遭遇了同样的结果。

时间逝去，水渠冷寂，淡出了人们的生活。那些水泥砌块，被一些人撬回家，或成了墙砖，或成了院子的台阶。沿山开挖并被镢头刷得齐整的墙面，布满了青苔，偶尔伸出几棵弯弯扭扭的刺槐、榆树。"水利是农业的命脉"已经找不见踪迹，泡沫一般消失。

多年后，水渠成了一条不错的小道，我多次沿着它回家，虽然曲折漫长，但却平坦。水渠残留的水泥块、泄漏冲刷崖畔的残缺等痕迹仍然清晰可辨，让人对时光生出一些无奈的眷恋，以及对老生活的莫名怀想。

/ 与尘土一起走

　　我不知道怎样述说尘土的分量，或许，正因为过于细微，小如芥末，才使它们有了更宽泛的存在空间。生活中的尘土无处不在，谁也拒绝不了。它们没有翅膀，却能借助气流的力量，自由地行走，不管你愿意不愿意，在任何地方落脚。有时我想，是不是有人曾经在清扫尘土时，享受过这种琐碎劳动所带来的快乐？

　　尘土的力量似乎是强大的，比如位于西北六盘山地区的它们。西北的风，好像从来没有平静过，一直躲在四季的光影中，在适当的时候，为尘土的行走，起推波助澜的作用。这一年的深秋，许多地方下雪了，而六盘山地区却少见雪花飘落，每年按时令光顾的雪，好像传说中的公主，让人充满向往和期盼。通往老家的道路，和高低起伏的山峦一样，曲折蜿蜒。山上已经没有什么绿色了，灰蒙蒙的，大地枯萎，如同一个人阴暗的心情。山道漫漫，秋风从山顶滚落，打着旋儿，碾过枯草和田野。踩在脚下的路面，不时有尘土扬起，穿过鞋面，透入裤管。背着光线，可以清晰地看到，那些细微的粉尘，四下飘浮，到处弥漫。

路上总有三三两两的行人，要到附近山下的集市上去，购买他们需要的化肥、鞋袜和调料。他们戴着厚厚的帽子，穿着便宜的防寒服，勾着头，背着风，顶着扬尘，行色不紧不慢，样子和路边站立的柳树、杨树、蒿草一样，因布着灰尘而显得灰暗、沉重。偶尔，抬起头互相说笑几句，眼睛发亮，牙齿洁白。从神情上看出，他们说话的声音很高，和风尘对抗似的，但还是会被秋风和扬尘湮灭。偶尔有车辆驶过，尘土随即飞扬了起来，铺天盖地，气势汹汹，行人都被严严实实地包裹在呛鼻的土雾里。可谁也没有停下行进的步伐。远处，就听见有咳嗽声传来，却没有抱怨和责骂声。

其实，我，我们习惯了与尘土一起生活。六盘山绵延千里，到我们老家时，山峦一改挺拔、苍翠的气势，变得灰暗、低矮了起来，好像试图安心过日子的老人，内敛而且谦逊。但这样的环境并不是平静的。干旱少雨，加上气候温差大，所有的土地都需要雨水霜雪的滋润，包括那些站立多年的柳树、杨树，以及长期生活在崖壁、地埂的荆棘、荒草。许多尘土，就隐藏在植物叶片之下。地面上的浮土，稍有动静，就会借机脱离主体，试图流落他处。我们老家，对沙尘暴这个词语十分陌生，就像一个熟悉的人，突然有了一个拗口的名字。我们把沙尘暴叫作黄风土雾，雾是尘土形成的，连风也是土地的颜色，诗意而且色彩斑斓。春秋两季，是黄风土雾多发期，风总能和尘土结伴走在一起，孪生兄弟一般。我一直以为，是树刮起了风，树动风起，风起雾生。村庄四围的山，树木说不上葱郁，但一个紧靠一个好多年，它们摇晃时，村北的山口，就有风涌进村庄，便有尘土搅和在风中，由高而低，甩打而来。窗户、屋瓦，发出动物疾速行走的声响，枯草、树叶、羽毛和一些不明真相的纸屑、布片，蝴蝶似的在风尘中舞蹈。麻雀这种生活在村庄的土著，显然不抵风尘的力量，仓皇失措间，往往撞在屋檐下。天空包裹在灰色的麻袋里，日光收藏在风尘中，宛若是一个混沌、原始的世界。或许，大自然正在着手创造着另一个未来。

这种境况大约会持续几分钟，有时几十分钟。风停之后，大地清爽，天空明净得圣洁。隐藏在草叶下的尘土和地面上的浮土，被清理在村庄的某个角落。村庄的人们，脸上挂着胜利般的笑容，好像来到另一个明亮的村庄。只有在这时，才能领会到黄风土雾对一个村庄的重要作用。我的母亲，提着扫帚，清扫院子和院落四周的尘土，不知疲惫，充满快乐。母亲说，土就是土。她把那些尘土收集起来，要不倒进附近的土地里，要不归进牲口圈里。村庄的尘土，是纯粹的尘土，肯定提炼不出金子并做成蔷薇花，但它们一旦融入土地，却能在它们的身体上长成养人的粮食。

尘土因为细微，它才长上了飞翔的翅膀，又因为它有重量，才能随地扎根，融入眼下的生活。我曾经在微醉后对一位友人说，我是一粒永远飘浮在路上的尘土。不是吗？一九八六年春天，春风卷着尘土的日子里，父亲带着我离开了村庄，来到了小城谋生活。好多年里，我们父子租住在一间旧仓库里。仓库临街，可能是为了安全，它的主人把窗户全用木块封了，从木块的缝隙间透进来的光条，将仓库分割得更加灰暗、琐碎。工作之余，我愿意趴在仓库的窗口，把目光展向外面，以此来缓解劳作的疲惫。和老家一样，小城的沙尘暴也会按时光顾，那时，仓库外面混乱而且昏暗。风从街道上的电线上掠过，发出的声音尖厉、冗长，甚至让人恐惧。不知从何处而来的纸屑、塑料袋在半空中漂浮，一些扑到树枝上挣扎着，样子滑稽却又似痛苦。含有工业沙砾的尘土，似乎用愤怒的方式甩打玻璃，我担心小城的一些东西过于脆弱而支离破碎。在沙尘暴制造的汹涌海洋里，我敢肯定，其中有几粒是来自六盘山下老家的尘土。

多年来，我经常游走于小城与老家之间，不分季节，不知疲倦，就像这个秋天。这个秋天，风不断刮起干旱的土地上的尘土，四处传递着老家的消息。老家里，有不少人感冒了，他们在剧烈地咳嗽，将肺吐出来似的。这与秋风和尘土无关，人们只是期盼有一场雪落下，将尘土归还给大地。我缓慢地走在山道上，枯草、几片还没有凋落的树叶，在眼前晃动，让人觉得生命总是很顽强，又很脆弱。我家的一些土地里，小麦已经低下了头颅，即将进入冬眠。父亲老了，他再不能带我远走他方。我要在我家的这些土地里，为父亲选择一块安身之地。脚下的土地，不时飞起熟悉的尘土，迷离双眼，染灰头发，还钻进鞋袜，和肌肤相亲。

父亲要回到土地，我迟早也是要回去的，毕竟，一粒尘土，最后都要落到大地的怀里；毕竟，我们都是土地的孩子。

/ 那些飘荡的魂灵

　　父亲安葬后，几十个夜晚，我睡在他老人家生前睡过的土炕上。土炕的褥子厚实而绵软，炕洞里的柴草散出青烟时，炕上的温度略带些潮气，慢慢上升渐次弥漫。我能闻到父亲的汗味包裹在其中，它像一种挥之不去的提示，叫人在温馨之时又有悲伤与思念涌上心头。据说，一个人去世后，他的亡灵冥冥之中还会留在老屋里。深夜时分，案上的檀香仍然弥漫着烟气，蜡烛的火苗平稳地燃烧，我不能让它们熄灭。屋外树木婆娑，宛若人的气息。我常常不能入睡，侧耳倾听屋内的动静，渴望父亲的亡灵能在他熟悉的空间里弄出些声响。但一直没有。失望之余，暗自揣测，大约是他老人家对我们、对活着没有太多的依恋吧。

　　这些日子里，村子里的人常来走动，摆弄安在院子里的火炉，喝茶聊天，表情强作平静，但难遮掩眉宇间的悲苦。他们说，父亲是位安静的人，是没有怨愤的人。像他这样的人，魂灵也应当是非常安静的。他们还说，魂灵不安静，是有许多不甘心和遗憾。

沉默中，听见开水沸腾时发出的"滋滋"声。我知道，人们肯定想起了那些游走在村庄的魂灵。

十多年前的一个深夜，一辆汽车从县医院驶出，装满了难以言说的沉重，缓缓地走向五十公里之外的村庄，行动诡异神秘。后来我知道，村庄有一位叫"相"的人走了，他的年龄还不到三十。相在家里排行老大，上完小学后，正赶上土地承包，他就成了自家农田里的劳动力。二十世纪九十年代初期，外出打工的浪潮刚刚在村庄掀起时，他便急火火赴银川、下四川、上内蒙古挣光阴。几年间，家里的生活刚有好转的迹象时，他因病被送了回来。那天下午他的父亲陪他到医院检查后，确认已经不能救治。我大约能记得起他出门时的样子：个头高大，身体结实，脸颊上泛着风霜留下的黑红色痕迹。这样一个孔武有力的人，过度劳累和无规律的饮食，使他得了肝硬化而被夺去了生命。那辆载着他肉体与魂灵的汽车，消失在黑暗中，我相信黑暗也难以压制那种悲痛，两道光束，或许是引领他回家的路。

他舍不下自己的所有亲人。相的孩子才两岁多，半夜里常从梦中惊醒，不知道年幼的他看见了什么，指着空无一人的沙发，哭着喊爸爸。据说，他的妻子听见他穿着生前的那双黄色高腰球鞋，踢踢踏踏地在院子里走动，隔着屋子轻声呼唤孩子的小名，声音凄楚却又温婉，熟悉而又陌生。勤劳的人魂灵也是勤快的，相年岁已高的父亲，半夜里被院外的声音惊醒，他听见有人拖着扫帚，打扫院落的灰土，又挪动立在墙根下的农具，牛圈里的老黄牛也发出了轻轻的叫声。他的邻居，是他的堂哥，居住在他家的后面，隔着一条小巷，深夜里，他听见有人推开主屋的柴门，缓慢进来，坐在沙发上，打开电视，然后抽烟，声音缥缈却又那么真切。这些痕迹，都是相生前岁月里留下的。那段日子，他的堂哥睡之前，总在茶几上为相的灵魂摆上一杯茶水和一支烟。相的魂灵好长时间在他家的院前屋后飘荡，一直到他年轻的妻子改嫁。不知道，他还有什么更难以割舍的！

这样的魂灵，让人敬畏。

回老家，通常是从镇上下班车，然后翻过一座红土铸就的大山，再过条已然没有流水的深沟，才能踏上进入村庄的沙石小路。村子西北的一块土地上，撒着几处院落，远看像遗失的树叶。一处院子，孤独地摆着，宛若土地上的一块疤痕。院子很久没有人住了，已经闻不到人间烟火的味道。我曾经在九十年代初的某个正月，走进这座刚落成的院子，吃着叫"芸"的女主人烙成的油饼，和男主人喝茶聊天。她家的两个孩子，一男一女，年龄尚小，不时进进出出，在院子里嬉戏玩耍。现在，几间房屋，屋顶塌陷，想必紧锁着大门的院内，早已是杂草丛生，成了老鼠和蛇自由狂欢的场所。

芸，一个美丽的名字，飘香的名字。她的一双儿女长大成人后，她因病离开了人世。后来，她的儿子或许因为伤心过度，或许不能承受生活之重，在他居住过的屋子里悬梁自尽。不幸总是降临这个院落，此后，她远嫁的女儿又离婚出走。人们说，芸疼爱孩子，带走了儿子，解除了女儿的不幸婚姻。时至今日，多少个深夜，迟归的乡亲，听见芸在她家的老院前抽咽，声音低沉、悲伤、凄切，还有人听见她在自家的地里行走，脚步疾速，充满急切，这块土地，有她过多的汗水与艰辛。不知道，她还看见了什么，比如丈夫，比如女儿。她的丈夫，年过半百，灾难使他彻底麻木，守在公路边的一间店铺里，很少与人交流。她的女儿，据说在城里打工，不知她的脸上是否还挂着泪痕。

他们辛苦半生，当发现身体不适时，已经病入膏肓，最后不得不撒手人寰。

桂住进医院时，我曾经探视过她。住院部的走廊紧连着每一个生命，漫长却又短暂。我隔着病室的门窗玻璃，朝里面张望时，她大约有一种来自第六感的敏锐，艰难地侧头看了一下。看着我们进入病房，浮肿的脸膛上充满歉意和感激。不知道当时聊了些什么，只记得告别时，我对她说："一切很快会好起来的，安心养病吧。"尽管这话显得虚伪和过于客套，但还是看到她笑了，我就知道她对活着充满了希冀。一直陪护在她身边的丈夫送我们出来，在楼道里，他叹了一口气，眼睛里瞬间盈满泪水。我知道，大约她尚不知道自己的生命已然不能挽回。几天后，一辆汽车将她送回了老家，不久，她在自己的院子里离开了亲人们。她的孩子远在新疆打工，得知她去世的消息，一路悲痛赶回家时，她的肉身已经入土安葬。又一位女人走了，整个村庄充满了忧郁。

一条大路，由北向南进入村庄。她家的院子就在大路的下面，如果不是盛夏时分枝繁叶茂的大树遮挡，就会很容易看到她家的院子：几只鸡悠闲地散步，一只猫蜷伏在墙角。她在世时修成的一排房子没有变，屋门上的玻璃闪着太阳的光华。有人从屋里出来，挑起扁担去担水，那是她已经变得苍老的丈夫。是的，她也经常看着她家的院子——这条路的后方，是个大约丈把高的埝子，埝子上面有三分平整的小场，常年摞着麦草和未经打碾的胡麻秆，有人信誓旦旦地说，有天正午，他亲眼看见桂站在草垛间，朝下张望。有人还说，是一个傍晚，天色刚暗了下去，他从山上的地里回来，经过那些草垛时，看见一个影子转瞬即逝，从那浅蓝色的头巾上判断，那分明就是桂。

她不仅在张望她家的院子，更在张望着她的亲人。

在村庄里游走的，还有年长的老人。

柱子的父亲，是一位少言寡语的人，在最为饥馑的时期，带着妻儿逃离村庄，好多年杳无音信。当乡亲们几乎忘记了他们时，他们又在八十年代初的某一天黄昏，悄然走进了村庄。回来时，他把妻子的骨头丢在了他乡，只带回了三个孩子，最小的还不到六岁。他在异乡开挖窑洞时，遇到塌方，埋在了厚厚的黄土里。人们刨开土层，救下了他的性命，但因当时条件所限，他落下了难以治愈的腿疾。记得他走路一直朝右倾斜着，让人担心会跌倒在地。他除了拉扯孩子，按时完成生产队里的农活，还乐意给乡亲们帮忙，或者种地，或者铡草，或者摞麦垛。他家门前的一块不大的地里，一直种着长势很好的旱烟。秋季，霜降之后，他把它们铲除，摆在院子里晒干，然后切成小截，用石臼捣碎，再用筛子过滤，动作细致耐心。这些东西，他可以拿去十里外的集市上换钱，购买一家生活之需。余下的，装在一只布口袋里，供自己抽。我曾经看见他卷的烟卷十分粗糙，没有多少讲究。劳作疲乏时，他随便靠在墙角，烟雾飘起来时，神情似乎很是惬意，逍遥。

他的坟茔在北边一块名叫塔儿坟的地里，长满了荒草，夕阳西下时，时光的影子从荒草上掠过，显得更加孤凄。他去世时，大儿子和二儿子都出外打工，因路途遥远没有回来，最小的儿子料理完父亲的后事，也去了外地打工。四五年了，他们没有回家为老父亲的坟茔培上一锨土，奠过一杯茶。他们扔下的两处院落，自由地在风雨中破败。据说，黄昏里，柱子的父亲拄着一条木棍，颠簸着瘸腿，在院落后面行走。他或许在为孩子们守着这些院落，他或许更在盼望着孩子们回来。

所有飘零在村庄的魂灵，都是村庄和乡亲的痛。

读《子不语》时，从感情上说，我很难把他们归入"鬼"类中。村庄里，也很少有人说他们是"鬼"。是的，大家只觉得他们以另一种方式存在于村庄，让人追忆过去时，有许多难以忘却的念想。

/ 岁月的谣语

喝清汤

天已经很晚了，月亮也爬了上来。依照肚子的饥饿程度，我在想，母亲现在应该在收工回家的路上。

院外的杨树，摇动着一地模糊的光片，沙沙作响。麻雀回窝，不再为几粒草籽争吵，鸡也上架，眯上了眼睛。我趴在屋门槛儿上，似睡非睡，能听见屋檐下的麻雀和后院里的母鸡挪动身体的声音。院门"咣吱"叫一声，不用睁开眼睛，就知道是母亲回家。厨房的油灯亮了，橘红色的光，从裱糊了白纸的窗户透出来，半个院子，随即有了温馨的气息。不久，锅台里窜出麦草燃烧的味道，一缕缕青烟，由烟囱伸向看不见的夜空。家家户户生火做饭了，村庄布满暖意和安详，将日子的艰辛，隐藏在了烟火的背后。

除了冬季，村庄一直沿用早出晚归的劳动时间。母亲已经习惯了，她的孩子们也习惯了。她却不习惯孩子们饿着肚子等饭吃。居住在屋檐下的麻雀，嘬着虫子归来，看见有人在屋檐下时，因不能及时把食物喂到孩子们的口中，在院子里盘旋，内心充满了焦虑。想必母亲也是这样。从田地到家里，有很长一段路程，崎岖而且狭窄。月光灰白，路也灰白，树影晃动，路面更显得坑坑洼洼。母亲身体前倾，急匆匆地走着，像是小跑，一双年幼时缠过的小脚，被鞋磨得肿胀。挎在胳膊上的伴笼儿，随着她行走的节奏，不断摇摆晃动，里面的野菜，肯定撒落了不少。

和所有妇女一样，母亲不论去多远的田地上工，都不会忘记带上小笼子。因为形影不离，大家都习惯把小笼子叫作"伴笼"，是陪伴的"伴"，伙伴的"伴"。田间、地头、山洼、沟坡，除了冬天，其他季节都有灰菜、苦菜、车前草等等野菜生长，供大家捡拾。它们是上天给人间的赐予，让我们度过艰难的日子。母亲回家后，边生火，边洗一把野菜，等锅里的水沸腾时，顺手将野菜扔进水里，然后甩上几把粗粮面粉，加上盐和酸浆水，一顿晚饭就做成了。整个过程利索并有秩序。如果饭里和上洋芋，清汤上再漂浮几朵油花，母亲觉得，这顿饭已经算是味美丰盛。谁家又不是这样呢？

母亲似乎永远平静，浅水一样。她朝院子说："吃饭了。"声音好像自言自语，但孩子们却都能听得见。便径直钻进厨房，根本用不着摆在正屋里的炕桌上。饭盛好了，摆在锅台边上，清汤寡水的，像溢着泪花的大眼睛，瞅着我们。母亲的孩子，一贯保持着不情愿的态度，磨磨蹭蹭的，不肯端碗。母亲不责备自己的孩子，先端起一只碗，吸上几口，说："多香啊。"表情有些夸张。我们经不住诱惑，更经不住饥饿，把手伸向了粗碗。我们看见，母亲脸上的笑容，随即归于平静。尔后，又说："俗话说，'喝清汤，长风光'，你们要好好长个子呢。"

父亲在另一个偏远的山村驻队，一年回不了几次家。他回来后，我们问，是不是喝清汤，就能把个头长得风光。父亲一愣，连忙点头。他的个子因消瘦而显得细长、精干。我们相信，他经常吃着清汤饭。

而我，那时候怎能够明白，母亲当时的平静，和众多乡亲一样，是对生活的一种抗拒，而说给大家的俗话背后，有一声无奈地叹息，长得没有办法丈量呢！

吃焦巴

有些事情，不需要孩子们弄清楚。

比如庄稼。

村庄的几百亩土地，大多分布在山坡上。山是六盘山的余脉，贫瘠干旱。主要农作物有小麦、豌豆、谷子、糜子和洋芋。秋天，所有的粮食颗粒归仓之后，几乎所有的劳力，所有的牲畜，都集中在灰蒙蒙的田地里。土地翻耕过至少两遍，又在一部分土地里，撒下小麦的种子。第一场霜降临时，匝长的麦禾已经泛着墨绿，透着凝重的亮光。翻过年，春天说来就来了，和沙尘暴一道。风尘过去，天空明净，西北的土地苏醒，越冬小麦，开始返青。这时节，豌豆、谷子、糜子和洋芋这些作物，开始陆续下种。

站在门前，走在路上，其实不用抬头四望，也用不着仔细观察，就能知道，田野的绿，是小麦。就是小麦。孩子们叹息：这么多小麦啊！大人们叹息：种了这么多小麦啊！

我不明白，这么多小麦，我们一年却吃不上多少。其实，庄稼人亲手种下去的小麦，大家也吃不上多少。孩子们不明白，大人们也难理解。

一年四季，庄稼人不得闲。小麦上场后，摞成尖尖的麦垛，到了冬天才打碾。似乎这是村庄唯一不去下地劳作的季节。碾下来的小麦，和着麦衣，堆在麦场的中心，小山一样。上面用白灰洒下的"十"字，好像几张大封条，神秘而充满诱惑。选择一个有风的日子，凭借自然的力量，人们把小山一点一点地扬起，麦衣和小麦分离，饱满鲜活的麦粒，安静地聚在一边。它们被晒干后，装进麻袋，码进仓库，再过上几天，装上好几十架子车，被送到公社的粮仓。浩浩荡荡的运粮队伍，迎着寒风前进，远远看去，一派丰收景象。

母亲说，这是上缴公粮。

我们能分得更多的，除了洋芋，就是糜谷。

老家的后院，一盘石磨，经手多年，是村庄里为数不多的宝贝。几乎每个傍晚，甚至深夜，总有人站在院外，喊着"他婶婶"，要借用磨盘，利用夜晚的空闲，将那些糜谷磨成面粉。于是，在石磨"吱扭扭"的声响中，我们安然入睡。母亲也去推磨，是磨我们家的糜谷。糜谷顺着磨眼流下，压抑、涩滞的声响中，面粉就从磨沟中洒落下来。这种面粉，色泽铅灰，日子一般沉重。

糜谷面是大家的主食，用来甩糊糊、做面片、搅搅饭。除此之外，还用来做馍馍。母亲常做碗饦饦，当作大家的早餐。做碗饦饦时，我不得不感叹母亲的手艺精湛。晚上，油灯下，她将起好的面，放在碗里丢几下，然后扣到热锅里，好像是顺手那么一丢、一扣，不犹豫，不含糊，一锅七八个，个个浑圆如碗，不变形，不走样。出锅后，酥软而略有甜味。星期天，母亲上工去了，按照她的吩咐，我曾经也学着做过几次，但模样总赶不上母亲做的好看。

要真做得好，得掌握好火候。但谁能掌握得好呢。母亲经常把馍馍搁在锅里，烧上柴火，又得去补衣服、纳鞋底、修农具。厨房里窜出焦腥味时，母亲"哎呀"一声，抛下手中的活计，几乎扑了过去。碗饽饽出锅后，紧贴锅的一面，已经焦黑如炭。母亲像做错了事一样，不好意思了起来。我一直觉得，这是很正常的事，不希望母亲自责。村庄里，都习惯把碗饽饽焦了的一面，叫焦巴。焦巴干涩得像木炭，没有人愿意去啃。母亲的孩子们也是这样。母亲说："不吃？我吃。'吃了焦巴子，路上捡银子'呢。"

村庄里，都传播着这句话。

没有谁扔掉焦巴，它是人间烟火与粮食的产物。但没有听说谁吃了焦巴，在路上捡到了银子。后来却知道，糜子和谷子，不属于公粮范围，虽然产量低，但正是它们，让村庄的肚皮充实。

一粒米

说的仍是粮食。

小麦过于奢侈，仍然说养活人的糜子。

糜子成熟时，正是夏秋交接之时。天高云淡，空气里弥漫着粮食、土地、青草的混合味道。傍晚的风，听不见，却能看得见。它们疾速跑进成片的粮田，掠过糜子的头顶，勾着头颅的糜子，在夕阳下舞蹈，宛若献给上天的宏大礼物。

附近的柳树，只要有充足的雨水，就会长出茂密的枝条。麻雀便在树上集结，讨论抢夺糜子的计划。它们显然十分焦急，还没有讨论出结果，就开始行动了，先是几只，然后是一群，卷着风，冲进糜子地。不能不佩服，麻雀啄食糜子的高超技巧。它们扑在糜子低垂的穗子上，将糜子压倒，然后耐心地将整株糜子吃尽，地上留下一把糜子的空壳，这连田鼠也难以做到。

麻雀吃掉的，是黄灿灿的小米。饥饿的村庄，怎么能允许麻雀抢粮！糜子灌浆时，不是一个，而是几十个稻草人，分别插进好多块地里，举起的胳膊上，飘扬着破布片，的确起到了恐吓的作用。胆小的麻雀，经不住食物的诱惑，它们聚集在柳树上，看着这些一动不动的人类，觉得奇怪，激烈讨论后，先是试探，最后"轰"地一下又扑到糜子地里。

人和麻雀、田鼠抢粮。

小麦上场，平摊在场里打碾，劳动场面壮观热闹，实在看不出岁月的艰辛。糜子不那么张扬，收上场后，十几位妇女，紧捏一把糜子，朝碌碡使劲甩打，糜子粒纷纷从穗上惊了出来，在碌碡上四溅而起，水珠一样到处滚落，甚至钻进人的衣领、鞋底。都没有说，但都清楚，没有谁主动把鞋窝里的糜子倒出来，做到颗粒归仓。它们，被妇女们若无其事地带回家，虽然不多，可大家懂得积少成多，几天下来，小坛子里的糜子，就有近一碗。

米，通常指大米，奢侈、珍贵。

糜子碾制的米，名字叫小米。和白白胖胖的大米比，显得有些谦卑。村庄仓库里的糜子，和其他粮食一样，要等到年终工分清算后，才能分给各家各户。妇女们攒起来的糜子，等不到年终，许多饥饿的肚皮，张着的大锅一样，盼着用这些为数不多的粮食改善生活。家家都有一个石臼，凭借它，可以捣碎药材、莜麦，当然也可以加工小米。母亲将晒干了的糜子，抓上一把，灌进石臼，用石杵轻轻地研磨，糜子的外壳，便脱落了下来。然后把它倒进簸箕，只颠簸几下，那些糠就飞了起来，簸箕里，只留下了黄澄澄的小米。

晚上，煤油灯摇动，屋了里的光亮闪闪烁烁，母亲的影子时大时小，石杵的声音，像拍在身上的手，温软而有节奏。她的孩子们，便很快入睡，梦中，他们闻见米香扑鼻而来。

小米是当时最好的营养品，也奢侈、珍贵。

坐月子的媳妇儿，就得用小米熬的米汤喂着，身体恢复快，奶水足。但家家户户不一定都有小米。有一天中午，放学回家，家里来了两位陌生人，坐在炕上抽旱烟。母亲说，那位年长的，我应该称呼姨父，年轻的那位，得叫表哥。他们父子，吃完简单的午饭，就准备动身回去了。母亲赶紧抓过一条蓝色的小布袋子，匆匆去了厨房，他们就在院子里等着。母亲把袋子交给他们时，难为情地说："也没有多少，也没有多少。"他们抓过袋子，脸上露出了许多喜色。后来，我知道，表哥的媳妇儿，正在坐月子，专门赶过来借小米。那条袋子里，也不过装了两三斤小米吧。

我们，只有在腊月初八，才能放开肚子美美地喝粥。没有更多理由，只是节日习俗。晚上，收工回家的母亲，将一大碗小米倒进铁锅，大火将水烧开，小火慢慢熬着，小米吃进水分，个个爆开，米香四溢。每人一大碗，摆在锅台边，奢侈得像是过年。每次喝粥，母亲总要叮咛，细细吃，千万不能把米粒掉在地上。"掉一粒米儿，变一条虫儿。"母亲说，小米变成的虫子，细小得和米粒一样，夜深人静时，哪个孩子不听话浪费粮食了，就钻进哪个孩子的耳朵里去。

虫子钻进耳朵，多么令人讨厌啊。可是，这令人讨厌的小家伙，竟然是米粒变成的，又是那么让人怜惜。

/ 微雨中行走

从早上开始，雨就下个不停。但下得不大，不声不响，沙石铺成的土路上几乎看不出下雨的痕迹，当然，城里的柏油路或者水泥路面上已经是雨水横流的样子了。这是秋天的雨，细细的，蒙蒙的，似雾非雾，是雨非雨，就像那种网孔较粗的棉纱被悬挂了起来，似有若无，影影绰绰。山川和田野被笼罩其中，野树与花草被笼罩在其中，还有行走的我，也被笼罩在其中。

站在自然形成的山口嵚岖上，看着微雨浸染而成的红土嵚岖，知道自己真真切切地踏在了通往山村的道路上。想着我要走过的路线，心里就有些激动。我要走过铺着沙石的山乡土路，跨过弯曲陡峭的沟坡，最后迈进炊烟弥漫着的我的村庄。呵，山村以一场微雨的方式迎接自己的孩子啊！路上，我不紧不慢地走着，很少碰上行人。虽然手中有一把雨伞，可是我却没有把它撑起来。

铺垫在路上的沙石被微雨洗得明明的，没有一丁点儿泥土。大一些的石头上的纹路清晰可见，都好像奇石似的。路旁的柳树的枝条低垂着，叶子透着宝石般的绿气，就连顺着枝条滴落而下的水珠儿，也好像是绿色的。虽然天上飘着细雨，没有一丝的风，但我感觉到清纯得像过滤了一样的空气中，有缕缕花香迎面拂来，不由得张大嘴巴贪婪地呼吸着，样子极像是久旱逢甘霖的鱼儿。路旁的地埂上，开放着一丛一丛的野菊花，一团一团灰绿色的叶子几乎平铺在地上，努力地捧起黄的、白的、蓝的小小的花朵，花朵儿的脸庞朝天张望着，接受雨水的洗浴似的。路旁的地里，间杂着黑色的条形土地，秋初种下去的冬麦已经发芽，一小块儿一小块儿地错落着，那些绿色在蒙蒙细雨中，影子一样在我眼前晃来晃去。细雨中的山黑沉沉的，层次比晴天朗日之下还要分明，远处的看上去更远，近处的看上去很近。踏在这样的沙石路上，看着雨中的景象，慢慢地走向我的山村，仿佛走在通往佛光灵地的道路上。

微雨染湿了我的头发，弄湿了我的脸庞，潮潮的，凉凉的，滴进口里，润润的，甜甜的。我如同路边的那些不被人注意的青草一样，吮食着大自然给予我的一切，并聆听着青草在秋雨中继续顽强生长的声音，似乎自己的骨头也硬了起来。远处的深红色，在微雨中显得十分凝重，那是大片的高粱。只有高粱才是这个季节里最引人瞩目的东西，高扬的头颅很容易让人想起"悲壮"和"不屈"这两个词语。这个情境中，我一个人安静地走着，仿佛微雨是为我一个人而落，世界是我一个人的世界。

沟坡滑而陡，好在路边长着小草，踩上去好像踏在了防滑毯上。看不清是什么鸟，"咕"地长叫了一声，从沟坡冲到沟底，一转眼就不见了踪影。沟坡到沟底，那种寸长的青草一泻而下，直铺到底。水汩汩地流着，鼓着音乐似的，显得从容、安详。坡上的树木和沙棘，红的红了，黄的黄了，绿的仍坚持着最后的绿色，在微雨的洗涤下更加清丽夺目，彰显着生命的意义。沟坡上几棵高大的槐树连在一起，长成一片。它们的枝丫下面生长着许多小槐树，秋风秋雨中，小槐树们的叶子已经变黄了，但仍坚持着不掉下来。我在彩色染就的沟坡上，慢慢地往上走着，这个过去曾经熟悉的沟，路似乎越来越宽了，坡似乎越来越缓了。平时走路，难免摔倒，更何况在雨水中行走。但感动于槐树们对生命的执着和热爱，最后竟然无所谓摔跤了。

微雨中，我接近了我的村庄。村庄被细雨包裹着，被红的、黄的、绿的色彩包围着。黑灰色的山凝重得好像袒着胸的大汉，无忧无虑地席地盘腿坐着，在细雨里无牵无挂地淋浴。院落屋顶上的炊烟被雨雾压得很低，不是缭缭绕绕，而是贴着房脊慢慢四散开来，在门前院后的树枝间徘徊，久久不愿散去。我听见了牛叫，狗吠，鸡鸣，人语。我真不愿惊扰平和安详的村子。微雨刷新了村庄，洗涤着我的心灵，我的心情也更加开朗了起来。我真想变成一只鸟儿。一头飞过去，站在被微雨洗刷过的树枝上喝啾。

/ 影 像

地　洞

　　我说的地洞，不是抗战时期挖出的地道，而是六十年代初期备战用的防空洞。村头大麦场的东边，是条能走得下一辆马车的村道，走过村道，就能看见两眼地洞，其中一个已经坍塌了，另一个洞口黑魆魆的，仿佛里面潜藏着什么巨大的秘密，给人一种恐惧而又刺激的感觉。电影《地道战》在瓦窑坪上连放了三场，我们这些娃娃一场不落地全看了。电影里四通八达、神出鬼没的地道，让我们一下子想起了村子里的这眼地洞。

　　暑假，大人们上工去了，我们便有了进洞的机会。第一次进洞，是下午两点前后，五六个人一个挨着一个，手拉着手，要不就是抓着后衣襟，踩着地雷似的，小心翼翼地前进。进洞之前，我们就商量好了，我排在第一个，小灵跟在我后面。小灵的爸爸在煤矿厂工作，家里有一个三节电池的手电筒，他一只手打着手电筒照着前方，一只手抓着我的后衣襟不放，连我都能感觉到他的手心里汗津津的。我提出我走在前面应该由我打着手电筒，可小灵坚持认为我会把手电筒弄坏，就是不给我，我威胁说如果不让我打手电筒就不带他进洞，他竟然扭头要走，我只好妥协了。

进入洞子不远，灯光里看见墙壁上有用铁锹挖出的"深挖洞，广积粮，备战备荒为人民"几个大字。我们每念一个字，声音闷闷的，沉沉的，在头顶和脚下滚动，好像不是从我们的嘴里吐出来的，而是来自地下深处。再往里走了几十米，又看见"一切反动派都是纸老虎"几个大字，和刻在养猪场墙上的文字一模一样。刚要念出来，手电筒突然灭了，大家惊叫了一声，谁也顾不上谁，拼命往外跑，只听见"轰轰"的脚步声紧跟在身边。出了洞，大家都灰头土脸的，紧张的心架在嗓子眼儿上。不知谁说，洞里一定有鬼，不然电灯怎么会好端端地灭掉呢？大家最害怕鬼了，都不敢出声，好像鬼就在身边。好一会儿，小灵才沮丧地说："唉，电灯泡烧了。"小灵的妈妈知道小灵动用了手电筒还烧了灯泡子后，用扫帚把子把小灵打了一顿。他妈妈边打边问："是谁叫你拿电筒的？"我最担心他供出我的名字，他妈妈一气之下找到我家胡骂一通，我妈妈一气之下把我也打一顿。好在这家伙当时挺坚强，屁股打成花的了就是不吭声。自此之后，我们进地洞再也没有用过手电筒。

再次进洞时，用废弃的架子车内胎来照明。在摇摇曳曳的火光中，我们比上一次走得更深了些，除看见豪言壮语"下定决心，不怕牺牲，排除万难，去争取胜利"外，还看见墙壁上隔几步就有一个四四方方的小框儿，上面还有烟熏过的痕迹，说明那是照明用的。想到洞里灯火通明，人来人往的热闹情境，我们兴奋了起来。洞拐了个弯儿，火把的烟气浓重了起来，火光忽明忽暗，大家又想起了鬼故事中的鬼，但都不敢说出来。又前进了几米，小灵终于撑不住了，声音颤抖着说："回，回吧。"话还没有说完，我们几个谁也顾不了谁，身后有人赶着似的，手刷着墙跑了出去。

进地洞的事让大人们知道了，警告我们不准再进去，说里面很危险。据说洞里有个丫字形分叉，一条分叉延伸到山的腹部。当时全国上下都在备战备荒，本来计划还要往深里挖，但到深处后，一些人的呼吸困难了起来，有人认为里面有"问题"，就再没有挖下去。地洞到底有多深？看来谁都说不清楚，我只觉得，它就像黑暗中挥舞的鞭子，弯弯拐拐地伸向黑暗的远处。

洞里有鬼？我着实被"鬼"吓了一回。秋天的一个晚上，邻村放映《渡江侦察记》，我和哥哥肯定要去看的。这个晚上月光皎洁，水一样细密，看完回家时，已经是深夜十一点多钟。经过地道时，听见洞里"蹬蹬"地响，好像有人走动，又好像有人在喘气，我们吓得不敢往前走，头皮子一阵一阵地发麻。大哥朝洞口方向喊了一声："我不害怕你。"话刚说完，在冰凉的月光映射下，洞口闪出两个拳头大的蓝光，让人心惊胆战。这时，生产队上的饲养员急急忙忙走了过来，大哥赶紧说："你不要过去，洞里有鬼呢。"饲养员也吓得站住了。

他盯着洞口看了一会儿，骂道："狗日的，我说跑到啥地方去了，原是在这里避心闲呢。"他走了过去，从地洞里轰出了一头大犍牛。

口头语

小时，大人们的口头语总和政治沾边，并且，政治事件的传递速度快得惊人，不亚于现在的信息传递。我的老家虽在西北的偏乡僻壤，但是，上边的风声导向可在一夜间普及到位。除了大会小会上的开场白"毛主席教导我们""路线是个纲，纲举目张"外，人们在对待"坏人"时的话语，也带有明显的倾向。

正月十五刚过，我们一家子迁移到新店，入秋时，又迁了回来。回来后，因为没有地方住，生产队就把我们安排在养猪场的一间大房里。从养猪场出来，是生产队废弃了的瓦窑坪，一条村路由北而西拐了个弯儿，没有多远就到了胡家大院。胡家大院其实不大，前后两道院，后院的几座房子几近坍塌，无法住人，院子里种了些向日葵之类的，金灿灿的花朵掩饰不住她家的家道衰败。前院住着七十多岁的老太太及她的子孙们，但这个老太太我却从来没有见过，她很少在村子里抛头露面，的确有些大家闺秀的风范，更何况这个年龄当时已经很罕见了。

胡家大院的旁边，有成百亩粮田，生产队常种几十亩小麦，几十亩向日葵，几十亩洋芋。春雨春风蹚过三月三，土地活泛了起来，几十亩小麦绿了，刚入夏，几十亩洋芋开花了，白里透蓝的花搅在大片大片洋芋叶子上，江南的锦绣一般好看。紧挨着，向日葵开花了，金灿灿地站了一地，伸长脖子朝着太阳张望。洋芋地里，常套种些白菜、萝卜一类的蔬菜，到夏收时节，萝卜已经能吃了。拔出一个，用令箭一样的绿叶擦一下，朝树干使劲砸去，边砸边念："一拌萝卜二拌肉，三拌萝卜吃不够"，萝卜就被砸成不规则的小块。

暑假里，我和伙伴们一样，有好多事情需要去做，比如拔猪草，捡麦穗，有时还要煮洋芋，这些都是大人交代的任务，当然我们也有我们的事，比如掏麻雀蛋，捣马蜂窝，还有，去地里找吃的东西。不知是嘴馋，还是胃饿，在整个暑假里，我们用大多时间寻找能吃的东西，萝卜自然是其中的一种了。萝卜吃得多了，胃胀，难受，越吃越饿。小根说："我、我、我家有、有白面馍、馍馍呢。"他说话虽然有些结巴，但说出的话却叫我们羡慕不已。小灵急急地说："你快回去取些去。"小根果真回去拿来巴掌大的一小块儿。他十分自豪、认真地分给我们每人火柴盒大的一块。说是白面馍馍，不过是在麸皮做的馍馍表皮上撒了一层白面而已。萝卜下馍馍，我们吃着，互相看着，觉得这是多么幸福的一天啊。

小灵和小根发生了一次冲突，结束了我们幸福的假期。小灵的姐姐用她剪下来的辫子换了些花布、丝线，还给小灵换来了十个糖豆豆。他分给我们时，小根说应该给他一颗大一点的，小灵不同意。小根说："你、你、你吃了我、我的白面馍馍。"小灵说："我才吃了你一点点。"小根说：

"你、你要赔我。"小灵说："赔就赔，我家昨天晚上也烙下了几片子白面馍馍。"小根说："我、我、我就要、我家的。"小灵瞅了半天，回击说："你简直是个孔老二。"小根受了极大侮辱似的，反击说："你、你是、孔老二。"小灵说："你孔老二，孔老二，孔老二！"小根气得说不出话，就扑了过去，两人很快撕扯在一起。等大人们把他俩拉开后，身上的衣服早已经走样了。

他俩这一架打得大人之间也有了矛盾。小根妈骂小灵妈："你是孔老二家的！"小灵妈骂小根妈："你是孔老二家的。""你一家子是孔老二家！""你一家子才是孔老二家！"

防　震

唐山大地震后，村子里驶来了一辆吉普车，几个着中山装的从车上下来，除了散发传单，还召集大会，宣传防震常识。他们好像说，李四光这人了不得，预测的四个地震带都震了，只剩下六盘山地震带没有震了。一时间，好像马上要地震似的，晚上，大人们开始睡不踏实。也有无所谓的，脖子一扭说："生有时，死有地，炕头上跌下来还绊死人呢。"

学校里的教师们也放下课本，把防震挂在嘴上。这一年，我学会了许多现在孩子没有学过的防震常识。学校的学生不多，老师也少，一二年级、三四年级、五年级各由两个老师上课，他们什么都精通的样子叫我现在想起来仍然肃然起敬。老师们说，地震前是有征兆的，大自然的反常现象会告诉你，井水冒泡泡，蛇阵过道道，蚂蚁排成队，鸡儿不去睡，牲口卧不安，狗儿乱叫唤。对地震时发出的声音，老师是这样说的："像是从远处传来的隐隐雷声。"也有说，"像石辘辘从山上滚了下来"。一次，我们正在上课，突然一个沉闷的声音由远及近，地也好像动了起来，不知是谁喊了一声"地震了！"，教室里顿时乱了起来，大家拼命朝门口挤，有人哭了起来，有人跑丢了鞋。结果是生产队在大麦场里拉碌子，令人虚惊一场。老师略有些生气地说："这么乱怎么成？就是不出事，也会挤出事来。"又说："其实跑不出去的可以躲到课桌下面去。"

　　老师们责任心特强，放学时总要吩咐我们："一定要多留心，发现异常现象及时报告学校。"于是，所有学生都关心起异常现象了。平日里不去注意的事物，现在突然被重视了起来，总觉得什么都是反常的。和我一起上三年级的小根跟老师汇报说："老师老师，我家的鸡儿日头跌窝了还没有上架睡觉。"小灵汇报说："老师老师，我家的狗半夜里乱叫呢。"老师说："晓得了晓得了。"说真的，那年热得出奇，猫啊狗啊什么的都不愿早些歇息去。有个四年级的同学汇报说："老师老师，我看见蚂蚁排着队在路上走呢。"老师表扬说："看看，四年级的娃就是不一般。"我其实也看到了，心中很不服气。果然，半夜里又是刮风，又是打雷，天好像要塌下来。这场声势浩大的雷雨，让人们的心揪了一夜。像这天气，要是地震，该怎么办呢？

让所有人紧张起来的是上中学的兄妹俩。他们两个去井上吊水，我们那里井深，绳子一般都要三四丈长，桶子下到井里，却只打上来了半桶水。"咦？怎么会是半桶水呢？"当哥的趴在井边看了看，说："好像水在减少呢。"便招呼妹妹过来看。妹妹看见水波摇动说："真的像是水忽多忽少呢。"两人抬了桶子赶紧往回跑。学校觉得这事非同一般，赶紧报告了公社，公社又火速报告到县上，最后传达下来一则通知，说这可能就是地震的前兆，大家不可掉以轻心。于是，地震的消息传遍了全村。驻队的工作组对这件事十分重视，要求大家晚上不准睡到房里去。学校对学生说，发生地震时一定不要慌乱，要往平坦宽阔的地方疏散，如果从屋里跑不出去，就躲藏到家里的桌子下面去。下午放学后，我和哥哥围着我家的小方桌看了又看，觉得它实在太小了，不足以躲得下一家人呢。不过，很少有人在家里过夜，大多数人家一吃过晚饭，就往大麦场里走——大麦场里搭了许多形状、颜色各异的帐篷。

我家没有住在大麦场里，是住在生产队的养猪场里，靠着一棵大酸梨树，用棍子做支柱，拿塑料布搭了一个简易棚子，地上铺了麦草，一家人坐在麦草上。起初我和哥哥既害怕又兴奋，说说笑笑、打打闹闹的，过了好一会儿，妈妈因为疲劳睡着了，我们也渐渐地安静了下来。又过了一会儿，哥哥也睡着了，我睁着眼睛看着棚子缝隙里一闪一闪的星星，听着远处虫子的鸣叫，想到了常出没于村子的狼，身子就缩在了一起。半夜里，棚子里亮了起来，我叫醒哥哥，从棚子探出头去，外面如同清晨，整个村庄就沉睡在这种安静得叫人心惊的明亮里。天上没有星星，布着一层浅灰色的云。亮，亮得清凉，亮得安静，安静得好像隐藏着什么危机。我对哥哥说："怕是要地震了。"哥哥说："这可能就是极光呢。"

赶紧叫醒妈妈，妈妈看一眼外面说："快睡，那是月亮升上来了。"

/ 暖 冬

　　刚进入冬天，西北的清晨，虽然没有风，脸上却是冰冷的。街道两侧树上，叶子蜷缩在一起，哆嗦着不愿下来。直到九点后，太阳才有了些朝气，散发出的温度，终于可以让树上的叶子凋落，我也敢把双手从袖筒里抽出来。

　　头一天的约定没有改变，我和几位朋友合租了一辆车，从县城出发，去看望一位远在乡下的老友。走完近四十公里的柏油路，车便拐上一条土路，在山脚下绕来绕去。因为入冬了，山上就缺少平时的绿意和挺拔。但它是延绵不断、逶迤起伏的。于是，路也就弯弯曲曲、扭扭拐拐的。想必司机没有了起初的热情，说，怎么这么远啊？我们就笑了。这就是咱们的正版山村，如果村村通了柏油路，沟壑都架起桥梁，眨眼间到了家，那我们也就找不着根了。其实，司机是对的。不是吗？眼看着对面就是要去的村庄，但还得绕过一个山嘴，再绕过一条沟，紧接着又是一个山嘴，又是一条沟。大家都在饶有兴趣地谈自己出门迷路后的种种情形，我却在想，若干年后，山村会不会从生活中消失呢？想到这个问题的时候，我的体内宛若有一枚针在游走，让我感到不安和痛苦，我的表情肯定也有些忧郁。不过，一小会儿后，我又笑了，我担心别人会讥讽我的想法荒唐可笑。

对于很多人来说，走路是枯燥的，但我是随意的人，喜欢走走停停看看，甚至不怕迷路。来去的路上，我一直眼睛盯着窗外。季节不留情，即便冬天多么温暖，但毕竟是冬天。它的脚趾踩过的地方，基本上是灰色的。还好，路边的柳树像行走的人，三两个站在一起，隔上一段儿，又是三两个站在一起。虽然是冬天了，但它们还不怕冷，仍然挂着一身深绿色，完成和秋天的最后拥抱。我一直认为，自己不是多愁善感的人，但对秋冬交替时节的这一场景，还是有些感动。已经枯萎了的野蓟、冰草，以及不久要零落的蓝色和黄色的野菊花，从车辆身边一晃而过。看着它们，不知为什么，就想到了一群人，一群和我一样普通的人，他们衰老了，我真不愿意离开他们。我还看到行走在土路上的乡亲，他们力图看到车内的面孔，或许，这群人中，就有我的哥哥，我的叔叔。

路上，被我忽略了的细节，不时有人提醒。同行的一位长者说，你注意山上的堡子了吗？我抬头看了，除了司机，大家都抬头看了。其实，堡子在这里随处可见。光秃秃的山顶上，如果没有一棵树，你会觉得奇怪；如果不出现一座土堡，你同样会觉得奇怪。虽然堡子的建设者，并不是土堡的享用者，但它的确是有实用价值的。土堡的名声好像不怎么好，因为这些东西，最初是有钱的大户人家为防御盗匪而修建的，一副固若金汤、居高临下的架势，将贫困与富有的界线划得一清二楚。好在乱世中，它也曾让空手无助的平民百姓走了进去。我听我的父亲说过，他小的时候，世道不太平，民与官、官与官之间，不时打起来。他的父亲领着全家老小，和本村的人一样，跑进土堡里去躲土匪。

其实，我对土堡并不陌生，因为不陌生，也就感觉不到什么神秘。一九七六年，我和哥哥、妹妹，还有我的母亲，随着我的父亲搬迁到一个叫新店村的地方，就在偌大的土堡里安身，和早先搬进土堡的一户姓苟的人家，度过了半年时光。印象中的土堡，大都建在山顶上，而它却建在一马平川里。土堡的西边，大约七八百米处，葫芦河缓缓流过，最后注入渭水。这条河，三四米宽，河水清清，缓缓流着，水刚没过脚面。河底是被流水冲刷得圆圆的沙砾，一脚踏进去，像是有人用手指挠着脚心。平缓的水面上，总有灰黑色的野鸭游来游去，见有人走来，惊慌地扭着屁股赶快游走了。我少见这条河发脾气。但一次雷雨，使我理解什么叫恐惧。那天，闪电的利剑，撕扯着天和地，闷雷不时在头顶上炸响。突然间"喀"的一声，哪棵树被击断了，随之而来的是密不透风的大雨。约半个小时后，雨停了，但"轰隆隆"的吼声却不绝于耳。我和哥哥出去一看，那是河水惊天动地的波涛。我亲眼看着，经常和我们一块儿在河滩上玩耍的黑狗，它执意要回到对面的家去。它拼命往对岸游着，眼看快到了，却被波浪卷走了。我们哭了。

那座土堡的东南角上，有一条通往堡墙的踩梯。顺着踩梯而上，先进入一间高房，从高房走出来，才是土堡的墙头。土堡的墙壁是非常坚固的，两三米宽，能走得下一辆小汽车。土堡的外围长着几棵杏树，收麦时节，黄里透红的杏子，躲躲闪闪地藏在树叶间，散发着诱人的芬芳。在清明前后，苟家大叔在堡子的四周种下了几十株向日葵，初夏，它们绽开巴掌大的花。那时候，常念"向日葵，花儿黄，朵朵花儿向太阳"，不相信会有这种事，向日葵跟着太阳扭过来拧过去的，不早死掉了吗？一个星期日，早上去看了一遍，中午看了一遍，傍晚又看了一遍，终于相信这是真的。麦子刚收完，向日葵的籽实开始灌浆。有一天，我看见哥哥怀里揣着什么，鬼鬼祟祟地钻进了墙头上的高房。我也跟着钻了进去。原来，哥哥掰下了几个向日葵。他给我一只，吩咐我不要告诉父亲，我便被收买了。这时的葵花籽，奶水一样，甜津津的。晚上，父亲怒气冲冲地回来了，身后跟着苟家大叔。我和哥哥已经脱得精光，钻在被窝里，但心中明白接下来要发生什么，不由得身上打战。父亲说，没有成熟的东西，你们咋能吃呢？你们咋这么不懂事？苟家大叔拦劝着父亲，但无济于事，巴掌还是落在了哥哥的屁股上。轮到我了，我睁大惊惧的双眼，盯着父亲的巴掌，但，巴掌却在空中停了下来。这个画面，一直保存在我的记忆中。多年以后，我在一篇练习中说："父亲高举的巴掌，就像一面旗帜。"现在，我仍然这样认为。

　　我读过几篇书写土堡的美文。有文章说，土堡是一个群体故步自封的象征，它拒绝新思想和新观念，是思想、心灵的桎梏。而土堡的主人就是旧观念的卫道士，试图阻止人们走出去，但却有好多人要走出去，土堡不倒，就不会有进步。这使我很容易想起风靡一时的《围城》。我之所以喜欢这些书写土堡的作品，是因为我太浅陋，根本想不到这样大的命题意义上去。我仍然是个流浪者，近几年，我去过好几处土堡，里面空荡荡的，宛若一只瘪了的眼睛或者一张掉了牙的嘴巴，的确让人感觉到一种历史的无奈和岁月的沧桑。但是，我生活过的土堡，不会有那么多、那么大的象征或者暗藏着的意义，它将我浅薄的认识与历史切割开来。我的土堡，是一朵温馨的花朵，一旦提及，就在我的身体内开放、弥漫。

可是，现在我们头顶上的这座土堡，却是繁华的。它是人们精神和心灵的慰藉地。我隐隐约约记起，一位脸上堆满皱纹的大爷说，这里的"山场"大着呢。这座堡子里，圈着几间小庙，供奉着好几位很有本事的神仙，每年农历四月初八，方圆几十个村子的人们都来这里祭祀。还说，这座堡子里的庙会活动在民国年间就有了。看来，这座土堡的用途跟我知道的很不一样。我本该问问，是先有堡子，然后人们把庙会搬到了里面，还是先有庙会，然后用土堡把神灵圈起来？因为来去匆匆，我没有问，很是后悔。我的视线没有离开山场上空飘动的彩旗，山顶之上的土堡，俨然一个标志，车沿山脚而行，好像围着标志行走似的。直到写下这段文字时，我还在想：这中间是不是有什么深层的暗示或者寓意？比如，人们一边在拒绝着某个事物，却又无法游离得太远，人有人的无奈，事物有事物的力量。我是一个简单的人，不会去把问题搞得太复杂，可能当我睡一觉醒来之后，这个问题的火花，已经被我掐灭。

当然，有一个情景我不会很快忘记。返回时，我是最后一个上车的，就在我一只脚踏上汽车时，我看到不远处一户人家倚山而居。门前，一棵杏树的枝条偌大如伞，杏树的叶子由绿变黄，不时有一片跌落下来，一摇一晃的，很有些不情愿。树顶上的叶子并不是先落下来，山风从它的头上掠过，太阳又照在它的身上，于是，树顶上的叶子被染成了红色，树也就成了彩色的树。树下三头牛，两头卧在地上，一头站立着，样子安详平静。它们的身后，是它们的粮食：一个麦草垛，一个苜蓿垛。

说到这里，我感觉整个冬天是温暖的。

/ 永远的学堂

印　象

　　学校距家约莫两公里的路程，去学校的路上，一般结伴而行。春秋时节，清晨七点钟左右，太阳已将头颅探出了东边的山巅，好像我们这些毛头娃娃，一副没有睡醒的样子。冬季的凌晨，村子还沉浸在黑暗之中，安静得像在寒夜里裹着被子熟睡的孩子。公鸡报晓时，大约在凌晨五六点钟，一位同学在大人的照应下，揉着睡眼走出家门。他先去叫醒隔壁的同伴，然后一起再去敲响其他同学的家门。这种声音中，村东的一条狗叫了几声，于是，全村子的狗都叫了起来。村庄便醒了。

　　我们从来没有午睡的习惯，很多个夏天，午饭过后，就急着去学校，但不是为了学习，而是为了玩耍。通往学校的路上，几块土地平整、开阔，种了许多向日葵和洋芋。洋芋地里的一间照看经济园的大房子，废弃不用，门窗已经拆除，我们把它视作一座盘踞在土地上的碉堡。有几位同伴儿从残墙爬到里面，扮作守碉堡的鬼子，守在外面的，喊一声"打"，拳头大的土块便朝房子飞去，一直打到对方投降才罢休。战斗之后，我们全都灰头土脸，这正好是违反纪律的证据——由于不计后果的贪玩，践踏了不少洋芋，生产队去学校告状后，我们均被罚站。

记不得是谁告诉过我，小学以前曾是一座庙场，"破四旧"那会儿改成了学校。这并不奇怪，因为我曾经接受过启蒙教育的村学，也是由庙院改过来的。进入小学时间不长，大一些的同学指着位于学校东南角的两间小屋说，那就是原来的小庙，并且警告我不要走近，据说，晚上常听见小屋里声响不断。于是，即便在白天，也很少有人去那里。这种神秘，一直保持到我即将离校。我曾经近距离打量过那两间小屋，小屋已摇摇欲坠，高度和普通民房没有两样，实在想象不出过去香火旺盛的样子。后来知道，小屋是学校的杂物储存间，存放扫帚、煤块一类的东西。我怀疑，里面的响动，大约是老鼠打架和野猫出没弄出来的吧。

学校的教室和老师宿舍，前后共两排，东西走向，墙壁全用土坯码就，内外都用白灰粉了，青瓦白墙，便和民房有了显著的区别。粉墙用的白灰质量差，墙壁上有粗糙的颗粒，人靠上去，衣服就会染上白色粉末。但老师描在外墙上的标语字体却规整、有力，好像现在常用的黑体字。记忆中尚存的标语有：

"学生就是这样，不仅要学工学农学军，还要批评资产阶级。"

"向雷锋同志学习，做共产主义接班人。"

"学制要缩短，教学要革命。"

学校的围墙一律用黄土筑成，近三米高。外墙的四周用铁锨铲了直径一米大小的圆块儿，也用白灰粉刷了，这些圆里全部填满了标语。标语是用锅底的烟煤调了水写上去的，方方正正，很有些功力。如：

"农业学大寨，工业学大庆。"

"一切反动派都是纸老虎。"

"深挖洞，广积粮，备战备荒为人民。"

老师们

　　学校的教室少，学生也不多，设一年级到五年级共五个班，七八名老师。因老师少，他们每人便兼数门课程。整个小学阶段，在我的感觉中，老师们无所不能，无所不知。有几位老师，至今印象很深。

　　语文老师一顶黄军帽棱角分明，好像里面围了一圈硬纸，这是当时流行的一种做法。他的眼眶很深，从而使目光多了份深邃和威严。他主要教语文，粉笔字规整有力，常因用力过度，长长的一支粉笔被折断。那些粉笔头，并不丢弃，顺手放进盒子里，看哪位学生上课注意力不集中时，他便拿出一粒，扔出去，白光划过，必然准确地打在他的头上。私下里，我们都认为他是练习过飞镖的。语文老师喜欢家访，这是当时最流行的教师与学生家长沟通的方式。通常在下午放学时，他才会告诉你要去家访。有几次，他盯着我说："今天去你家。"我内心便忐忑不安。进了家门，老师盘腿坐在炕头，父亲和母亲耐心地听他介绍情况，我站在地上，勾着头，犯了严重错误似的，心里一直想着快点结束家访，他们说些什么具体内容，就很少从耳朵听进去。倒是父亲母亲对老师说的"娃娃不听话，不好好念书，你就往死里打去"这句话听得真切。家长相信痛打的力量，我们其实都相信。按照父亲母亲的要求，挨打自然躲不了。一次，我因作业未能交上去，又说了句抱怨的话，恰被老师听见，就被他抓上讲台，基本上痛打了一顿。或许，老师希望我流泪、后悔、求饶，可我都没有。

上低年级算术课的数学老师，也上几个年级的体育课，但没有给我上过课。那时他大约还没有结婚，瘦削的脸上长了些痘子，加上他喜欢用"棒棒油"擦脸，痘子就有了不少光亮。他喜欢干净，我们经常见他在院子里洗衣服，使院子里充满香胰子的味道。我们有数学题不会做时，就跑去问老师，但经常是碰见哪位老师就问哪位老师。恰好，有几次在院子里碰见这位老师，就将书本展给他看。他手里提着刚洗好的衣服，歪着头，瞅我们提给他的难题。很多情况下，他会涨红着脸，呵斥："这么简单都不会，上课是咋听讲的，去！"我们就一哄而散。

当时的校长是从东北来的，四十来岁，脸黑黑的，铁一样，个头高大，剪着平头，看上去十分威严。我由于贪玩，常常迟到。语文老师就罚我们到操场，说："把学过的生字各写二十遍。"在日头的照耀下，我们虽然认认真真地写字，心里却愤愤的。一节课结束了，往往还没有写成。校长看见我们几个趴在操场写字，过来抚摸着我们的头说："做不完了吧，这都是你们自己耽误的，可不能怪老师哟。"自此，我们似乎理解了"和蔼可亲"的意思。长大后，想起他的话，觉得警句一样发人深省。

当时，很多老师没有正式身份，都是民请的。那位语文老师，多年后，通过参加自学考试，终于成了一名正式老师。而那位数学老师，据说他那时也不过是小学三年级程度，为了找个好对象，在亲戚帮助下进校代课。多年后，我竟然不知道他的去向，想想，向他请教难题，真是难为了他。

集体劳动

老师经常告诫我们，要热爱劳动，热爱集体，热爱人民，热爱党，热爱社会主义。那时我们小，对很多道理理解不透。实话实说，劳动还真不太热爱，毕竟是体力活。但我们都是农民的孩子，并不畏惧劳动。在学校组织下，我们有时参加一些力所能及的义务劳动。

教室的前面，有几块空地，是我们劳动的对象。每年春天栽瓜点豆时节，我们和老师们一道，用铁锨把上年秋天已经翻过的土地，再仔细翻上一遍，撒些葵花、白菜和洋芋种子。老师说："疲劳时，看看教室前的园子，会让你精神。"果然如此，夏天，我们在教室里一转头，作物的花朵和绿叶就走进眼睛，这些具有田野味道的土地，能够让我们精神很快振作起来。这些空地，从来没有种过花花草草，我们都知道，花草虽然养眼，但在七十年代，相比之下，人们更需要粮食。

洋芋是大地上的最后一茬粮食，因亩产高，且能在贫瘠的土地上生长而被广泛种植。霜降之前，往往有预想不到的降温天气，生产队担心把成熟的洋芋冻在地里，而人手又不够，就向学校求援。下午或者上午放学时，我们列队站好，照例是老师或者校长讲话，说，三年级四年级五年级来校时都带上筐子。到校后，排着队，唱着《走向打靶场》或者《学习雷锋好榜样》去邻近村庄，很有些气壮山河的味道。洋芋都种在山坡上，我们沿曲曲拐拐的山路缓慢前进，村庄和山路都丢在了身后。被大人们刨出的洋芋，白皮，粘着土，不愿意离开地下似的，石头一样躺在地上。老师说："每人捡二十筐就完成任务了。"话音一落，同学们"呼啦"一下散了一地，人人情绪高涨。我们在前面拾洋芋，身后，一群鸟雀抢食被翻出地面的虫子。

劳动结束，我们行将离开时，几位大人挑着担进入视线。放下担子，朝我们喊上几声："吃煮洋芋了——"洋芋全是粗皮儿的，个头大，煮的火候好，都裂开了口子，笑着一样。带队的老师说："同学们，大家为了社会主义这个大家庭，做出了自己的贡献，农民伯伯感谢你们。"我们顿生自豪感。

文娱活动

每到六一节，学校搞文艺演出，好的节目还要抽去参加学区会演。节目中很少有舞蹈，除了大合唱，就是样板戏。我参加过学校的两次会演，原因是我上村学时，曾扮演过《园丁之歌》中的小淘气。小淘气是火车司机的儿子，他学习不好，贪玩好动。我本来不是淘气的孩子，可是，当站在台上，拿着用纸盒子做成的火车模型，东跳西窜地唱"小火车，咔嚓咔，爸爸爱它我爱它"时，看演出的大人都说我真的很淘气，我就红着脸不知所措。

《林海雪原》，我们通常叫《智取威虎山》。从中学请来的导演，手风琴拉得非常好，我最喜欢听他拉《林海雪原》中的序曲。杨子荣由我扮演，雪地穿行的那节，都猫着腰，胳膊做着前进的动作，最激荡人心了。参加学区会演时，"深山问苦"那场，我哥哥扮演常宝爹，扮演常宝的女同学叫了一声"爹爹——"，然后朝我哥哥扑了过去。可能扑得有些猛，她一把挖在了哥哥的眼睛上，顿时他泪如雨下，把用油彩化妆的脸冲了个一塌糊涂。但观众都鼓掌，说演得真。最后，学区还给我们评了会演优秀奖。

学校还充当电影院。一次，下午放学，有人通知说晚上有电影，是《洪湖赤卫队》，不过在十二点后。回家后，心里一直惦记着这事，高兴得睡不着觉。迷迷糊糊睡着了时，却又被哥哥叫了醒来。夜很黑，去看电影的人不少，手电筒的光条在夜空中划来划去，有些深夜行军的味道。到了学校，操场里人已经很多了，但就是等不来电影队。校长焦急地走来走去，好像对大家撒谎了似的。一直到天大亮，电影队才拖着一身疲惫赶来。原来，他们在一个村子放完第一场后，又被另一个村子堵了去，反正都是为人民服务，他们就又在那个村子放了一场。电影虽然等到了，但大人们还是失望地走了，因为他们要按时出工。我以为电影只有在晚上才能够播放，心里对电影队十分不满。但峰回路转，教室里，老师们把床单、门帘拿了来，堵住了从窗口钻进来的阳光，教室里便如同黑夜。这是我第一次在白天里看到电影。

自然常识

课桌全都"井"字架构，柳木或杨木做桌面，下面没有放书本的抽屉。我们把家里拧好的细麻绳拿了来，在桌面下拉成网，然后在网上插上匝长的竹子，再用纸板把四周堵起来，便做好了桌框。那时候家庭作业不是很多，书和本子就放在里面，不像现在的学生，用一个很大的书包背回家去。桌框里还放一些别东西，比如墨棒（电池芯）、从讲台上偷来的粉笔，另外还有一盏用墨水瓶子做成的煤油灯——冬春时节，天亮得迟，我们就燃起灯盏，在灯光下学习。后来，桌框里的煤油少了，自己动手做的时尚照明工具多了。

这源于自然常识课。大多数同学喜欢上自然常识课，尤其是男孩子。但我却不喜欢，说不清原因。我的同桌最喜欢上这个课，课间活动时，把《自然常识》拿出来摆在桌上，过节似的高兴着。他的确与我不一样，老师讲完电灯的原理后，他不再点煤油灯照明了，而是在一个木匣子里放上两节五号电池，另一端打上一个小孔，安上一只小灯泡，发出的亮光能照亮半个教室。

按照当时的经济收入，大多数人家买不起手电筒，但这个做法，很快在学校流行了起来。过了些时日，我哥哥做了一个，尽管我不喜欢自然常识课，却也嚷着做了一个。当然，这个照明工具虽然环保、时尚，可和煤油相比，成本还是高些。我们便很珍惜电池，当小灯泡的光线发红时，证明电池快没有电了，放学时，我们就把电池从匣子里取出来，晚上睡下后，揣在怀里焐着，到校后，把焐热的电池安装上去，光亮虽然不比新电池好，但灯光不再昏暗。后来，我们又学到了一个好办法。当电池没有电时，就在后面打个孔，把盐水灌进去，放在太阳下晒上几个小时后使用，如同新买的电池一般。

村野的歌唱

不知怎的，我一屁股就坐了下去，正好坐在了荨麻上，说不清是疼痛还是伤心，反正「哇」的一声哭了。那种疼痛是短暂的，但故事中一切不会老去，如岁月一般绵长。

/ 村庄的非物质构成

婚　姻

相对于院落、树木、牲畜、鸟雀、庄稼、炊烟这些村庄的物质构成，婚姻应该是维系村庄兴盛不衰、生生不息的主要元素，并且是村庄存在的真正灵魂。在村庄，我永远相信，在乡亲们的眼中，那些大大小小的孩子，就是长年侍弄的土地和庄稼，在他们成长的过程中，几乎倾注了父辈们大半生的精力和心血，一直到孩子们长大成人、结婚生子，甚至一直到父辈们再看着孙子们成家立业，才像完成了使命似的，合上双眼，撒手西归。

婚嫁牵扯着的不仅是一个村庄的心。孩子长大了，父辈们就开始私下里悄悄给自己的孩子张罗合适的人家。整个过程简单却又复杂，他们趁赶集或者会亲戚的机会，有意无意间传播一个或者几个孩子已经成人的信息，了解对方的家庭状况，在众多的信息中筛选合适的人家，差媒人带上礼物上门提亲。我的山村的青年男女，他们没有花前月下的偎依和轰轰烈烈的恋爱，在组成家庭后，他们互相呵护着那些岁月，一起走过他们认为平淡的日子。村庄的婚姻朴素得让人敬重。

可是，不是所有的婚姻都是幸福的，村庄的婚姻有时也是一种痛。

洋芋是大山里的最后一茬庄稼，第一场霜降之前，好多人家要把它抢收回家。秋季的某一天，我也赶回百里之遥的老家，准备了几个塑料编织袋，拾掇好架子车和锄头，盘算着帮大哥一家去收洋芋。这些以前摸过的家当，虽然已经感觉到有些陌生，但仍觉得散发着我的汗渍味。在村子的瓦窑坪上，有几个年长的老人在一起抽烟，我走过去时，听见他们互相问："这是谁？"我离开老家二十多年了，虽然每年都要回去，但极少得见他们啊，他们已经不认得我了，他们老了，我也不年轻了。而几个玩耍的娃娃，我更不认得他们是谁家的。

一位老人和我打着招呼："去刨洋芋啊？"他拉着架子

车，弓着腰，样子看上去很是吃力。在他的架子车上，放着几个编织袋和一把锄头。一个孩子，已经穿戴得很暖和了，脸蛋红扑扑的，坐在架子车上，两只小手紧紧地抓着车帮。我看着她时，她纯净的目光胆怯地躲闪着。不用问，这是都都家的孩子，今年应该五岁了吧。老人家的两个儿子都出外打工，小儿子都都已经两年没有回来了。事实上，村子里，好多年轻人都出外打工了，田野里，我看到的大都是老人、女人和那些四五岁的孩子。我家的洋芋地离他家的不远，还可以在劳作的间隙，跟他说说话。秋日的天空十分明净，风被大山遮挡在山外，似有若无，但温度并不是很高，带着些晚秋的寒意。是的，在这样的一个环境里，我得说说爱香的婚姻，因为我和他正在聊起这个话题。

村子分上庄和下庄，共近八十户人家，算是方圆几十里内最大的村庄了。虽然大，但大得空虚，缩在一座山弯里，像不敢露面的小孩子，好多新鲜的东西从眼前一晃而过，却不知道自己该拣什么。村子里的饮用水源在位于下庄的一条沟里，沟大，几乎把村庄切成了两半，沟也深，一条小路好像直立着插到沟底。水泉就是在沟底。那时，我也常去沟里挑水，两只木桶一前一后地荡着，一趟至少十二分钟，上沟坡时得歇缓三次，如果不慎，桶子会从沟坡上滚下去，摔成几牙儿。一天，都都爹去沟里挑水，正好碰上也在挑水的爱香爹，两个人边走边说，越说话越多，放下扁担聊了半个上午，就说好了儿女大事。这年腊月里，爱香就嫁给了都都。好多表面上看似平静、美满的东西，往往叫人羡慕，乡亲们说，这桩婚姻好啊，男女双方都可以互相有个照应。

出乎所有人的意料，他们的孩子还不到一岁，爱香却走了。爱香走得干脆利落，她扔下孩子，回到了娘家。爱香的娘家和都都家相距也不过千米，但都都却在千里之外的内蒙古打工，他一时无法知道家里发生的变故。都都爹起初以为是儿媳妇回娘家，可半个月过去了还不见回来，加上没有带孩子一同去，就觉得有些不太正常，便在一个清晨，踏着露水去叫她。爱香家的院门还紧闭着，老亲家隔着大门说："你回去吧，我家女子不去你家了。"都都爹一下愣住了，说，你得说清楚啊，是咋回事呀？都都从外地急急匆匆赶了回来，守在爱香家的门口，得到的也是这句话。一场婚姻，结起来难，分开竟然这么容易。

我对终结这场婚姻的原因知之甚少，但总会有人说起一些情况。在村庄，劳动力似乎已经成为村庄婚姻构成的一个条件，爱香能嫁给都都，主要是因为都都家不缺劳动力，都都弟兄俩都属于膀大腰圆的那种，而爱香家正好只有她和一个近乎弱智的哥哥。我的母亲曾经感叹："看看人家的娃，都能给家里出力了。"爱香原本看中了另一个小伙子，她是不愿意嫁给都都的，之所以嫁给都都，是想叫都都帮助她家劳动，可都都竟然出外打工去了，她对此十分不满意，便离开了都都家。好多人都这么说，可我觉得对这一说法的准确性进行判断，显然已经不必要了。

从爱香此后的决定看，事实并不是人们所说的那样简单。村子里，那些初中毕业后，再没有上学的年轻人，年龄过了二十五六，如果还没有找下对象，就会让家长担忧起来。他们会走在一起，叹息："怎么办啊，还没有张罗下个对象。"和庄稼相比，这是更令人心焦的事。长得精干且聪明伶俐的小伙子，除了还在上学的，他们大都出外打工，待家里的光阴盈实起来后，他们便盖起了一排排新房，好像招牌似的，吸引一部分女孩子的目光。但那些留守在老家的，情景就大不一样。爱香的哥哥就是这样。爱香的哥哥，这年都近三十岁了，还没有找下对象。他爸托四村八岔的亲戚到处张罗，但别人家的女孩子都不想到他家来，不仅仅因为他家的光景一般。后来，我明白，爱香离开都都家，纯粹是想为她的哥哥换回一个嫂子。村庄的婚姻，精神和感情的付出实在是超乎想象的。

村庄的对面，是另一个村子，中间隔着一条沟，沟不宽，一股细水从沟底淌过。记忆中，沟从来没有过固定耐用的桥，我上学时，因无桥可走，就用一棵枯死的柳树横在中间权当桥梁。到如今，仍然没有桥，可能是水太小，还没有构成架桥的条件吧！虽然没有桥，但并不妨碍两个村庄间的往来，抬腿间，便可跨过。爱香这次嫁得也不远，就在对面的村庄。这也不是我们平时理解的出嫁，而是"交换"，爱香嫁到对面村庄，把婆婆家的小姑换过来，给她的哥哥做妻子。这年腊月二十八，两家"连引媳妇带过年"，可谓双喜临门，喜气洋洋。只有都都的爹，听着外边的爆竹声，心里烦躁，长叹一声："这是我娃的命。"可是，实在出乎意料。爱香到对面村庄生活了不到一年，又回来了。这次原因简单：爱香的嫂子，也就是他哥哥的妻子，跟着一个外地收头发的人走了。事后，人们才发现些迹象，那个收头发的，隔十天半个月要来一趟村庄，几乎每次都要在爱香娘家的门前停一会儿，喊："收头发了，收长头发。"

　　这三个家庭的婚事，一直是人们饭前茶后的谈资，是人们最直接的牵挂和痛楚，也是贯穿于整个村子的一条大神经，敏感、脆弱，哪怕有一点轻微的碰撞，那些主神经上的细枝末节都会疼痛起来。这些天，我在村子里走动，我发现，并且感觉到，当看见他们几家的人影晃动时，几乎人人都会想起和说起他们之间的婚姻。我一直希望，他们之间没有怨恨。事实上，他们互相造成疼痛，已经超过了怨恨。

青　春

这是一个充满活力、生机、希望的词语。可隐藏在它背后的还有苦涩、不幸、悲伤。

土生、小灵不仅和我同龄，而且和我是关系相当不错的同学。那时节，我家院子的东北角上，有一间小屋，起初我和哥哥住着，哥哥参军后，便由我一人占据着。因为只有一人，屋子突然空阔了起来，有时半夜醒来，面对黑暗，就有一种恐惧袭来。征得大人同意后，晚上，我就叫土生、小灵来做伴儿。他们两个瞌睡重，一倒在炕上，就能入睡，至今想起来让我羡慕不已。

小灵的下嘴唇上有个包，豌豆那么大，但不是天生就有的。那是七十年代末期，被驴踢的。当时，我们都在上小学，放学回家后，要帮家里捡粪。他跟在从地里归来的牲口后面，用我们的老办法，拿一根草茎挠牲口的肛门。一般情况下，牲口会因为肛门发痒拉出一点粪来。但那次应该是个例外，那头灰色的叫驴，可能因为肚子不是太饱，或者挨了主人的鞭子，竟然撂了一下蹶子，正好踢在了小灵的嘴上，致使他的牙被踢掉了三颗，嘴皮子严重撕裂，脸青肿得有些可怕。感谢一位赤脚医生，虽然当时的条件并不好，但他还是把小灵的嘴皮子缝合好了。几十天后，他的嘴好了，只是多了一个小肉蛋儿。在他上中学时，有位在乡医院上班的大夫说，只用花费不到四十元，那个小肉块就可以处理掉，并且不留任何痕迹。大家都劝他去医院，他认为没有必要，坚决不去医院。一个人的固执，往往会产生意想不到的后果。

小灵家的生活状况不很好，父母亲多病，上面除了两个姐姐，就只有他这个独生子了。中学辍学后，小灵想和其他人一样，走出去打工，改变他的生活现状，可他的父亲担心会出意外，死活不同意。我听人们说，他至今还没有结婚，或许，他已经对婚姻没有过多渴望——他们都已经是四十多岁的人了。小灵结不了婚，好多人都责怪他当初没有割掉嘴唇上的小肉包，后来，一年一年年龄增大，他的生活随着他的父亲的年迈而每况愈下。

在村庄，我常在晚饭后出门走动。从家门出来，朝右拐，是昔日做瓦用的空地，瓦窑废弃后，就成了乡亲们聊天聚会的场所。夕阳的余晖给村庄带来几许清凉和安静，这种情境中，人们的脸上也多了些闲暇下来的悠然自得。我就是在这个地方遇见小灵的。现在，他见了我，目光躲躲闪闪的，不愿意和我接触。我伸手强抓他的手，然后细细地打量他，他的脸膛黑黑的，目光迷离，明显是那种不健康的神色。他的头发好像好长时间没有理过，并且极有可能近半月没有洗过，积了不少的头屑和尘土，衣服的领口，也布着一圈儿油渍。我对他说，你怎么不洗一下呢？他羞涩地笑笑："洗了就又脏了。"没有多说几句，他惧怕我似的转身走了。看着他的背影消失在西去日影里，我心里一酸。

目前，村庄里独身的并不止小灵一个人，我掐指数过，至少还有七八个人。其中就有土生和他的哥哥。在村头的一个小卖铺里，我还是碰见了土生。我见他躲在房子的一隅，佝偻着身子，使劲抽烟、喝茶，头也不抬一下，极力拒绝与避免和别的人交谈，偶尔朝我咧嘴笑一下，布满黄斑的牙齿让人觉得他已经老了。他的头发也不多，就像长在荒山秃岭上的树木，稀疏并且没有光泽。他的头发是因为大量服用药物，才脱掉的。

土生现在和他的哥哥生活在一起。他们的父母于前几年先后去世。哥哥栓子，长了满脸胡须，很少说话，也不太到人多的地方去，因此年龄大了还没有对象。村子里，有好几个年轻人，在外面打工，都在他乡成了家。栓子便也出去了，银川、四川、新疆、内蒙古，一年换一个地方，媳妇没有找下，倒是带回了些钱，把家里的房子全翻新了。他觉得，自己已经没有希望讨对象了，盼望着能给土生成个家。他的这个想法，让村子里的乡亲们感叹不已。可是，不知怎的，还是没有哪户人家的女孩子愿意嫁过来。土生不敢等下去，岁月不饶人啊。过了两年，也出去打工了。他出去后，一两年没有回家，连春节也不回家。回来时，是一个春季。那时节，田野里布着一层浅绿，桃花、杏花相继绽放，春意藏也藏不住，但他的目光里好像深藏着什么不可告人的东西。不久他又走了，还带走了同村的小红。几个月后，大概是秋收时节，他们俩回来了。回来不是参加秋收。什么也不做，两个人钻到土生家的一间屋子里，长时间不出来。

他们的存在，对于村子里的人们来说，在一度关注过后，便被大家遗忘了。等人们发现他俩时，又是一月后。这次，人们终于看到，他们的精神有些异常，疯疯癫癫的，说话前言不搭后语。赶紧送到医院，花了不少钱，土生的病情基本有了好转，但小红的情况越来越糟。后来，人们才从栓子的口里知道，他们俩练什么功法，据说这种功法练成后，不做家务，不做农活，天亮醒来，打开面柜一看，呀，全是细白面。白日做梦般的功法没有练成，倒走火入魔，引火烧身。

我离开村庄的那天早晨，正好碰见了和土生一起练过功的那个小红。他和我一起上过小学，后来他随他的父亲去了另外一所学校。他的头发散乱着，双目深陷，神情好像做了坏事似的慌乱。我给他支香烟，并为他点上，他高兴地抽着，走了。他们，是村庄的痛。

我要走了。我走出村庄，听到身后一声叹息，我知道，那是整个村庄的叹息。

死 亡

死亡的消息如同一块冰冷并且坚硬的石头，不时击打着我的胸膛。那天，当我听到三叔母离开人世的消息时，我在城市的一间房子里，正和朋友说起村庄的婚姻、死亡、生育。是的，村子里每年有人去世，有时一个，有时几个，他们大多是年迈的老者，有时还会有年轻人，甚至未成年人。这是一个我多么不愿听到的消息啊！虽然死亡是无法抗拒的事实，可我依然听见了来自内心的喊叫。痛苦、压抑、揪心，针一样在身体里游走。我要立即赶回老家。

进村的路上，一些人聚在一起，谈论着衰老、疾病和死亡。他们对我熟悉而又陌生。他们极力镇静、平静，但内心显示出的同情，总流露在风吹日晒后的青紫色的脸膛上。在我们老李家，衰老和死亡几乎手拉手走在一起。大前年，中秋节刚过，四叔母去世了，今年，中秋节刚过，三叔母也去世了。四叔母走时，刚刚六十岁，三叔母年龄也不大，六十六岁，这并不是离开人世的年龄啊。

三叔家门口，认识的和不认识的人出出进进，表情因为庄重而显得十分模糊。门口前的一棵杏树，叶子已经泛黄，秋日的阳光，照在它的身上，好像有什么东西击中树枝，不时有叶子飘摇而下，落在下面的一张门告（贴着讣告的门扇）上。院子里的人很多，都是前来帮忙的族人，他们神情凝重，走来走去。我跪在正屋前，屋内，裱糊在一起的白色的灵幛，已经将我和三叔母隔成了两个世界。请来的三个匠人在做棺材，还未完工的棺材，就像一个大匣子。一个人的最后空间有多大啊？棺材摆在东北边的一间房子前加工。我没有弄明白这是一种习俗，还是一种巧合——三叔母在世时，就住在东北边的这间房子里。

和我的父母比，三叔母要小十多岁。可是，打从我记事起，三叔母的身体好像一直不是很硬朗，她个子不高，走起路来，身体前倾着，两只小脚轻飘飘的，好像脚下绊着什么东西，随时会跌倒似的。一直到前年，老家的大哥捎来话说："三叔母病倒了。"我起初不以为意，但看他一脸严肃甚至愁苦的样子，我想她病得不轻。

我向父母说起三叔母的病，他们都怀疑那是年轻时劳累所致。母亲叹着气，叫我回去看望一下。那时正值酷暑，人们都在麦田里劳作。东北边的房子里，三叔母一个人坐在铺了羊毛毡的炕上，用一条被子围着大半个身子，样子十分吃力。她的个子原本不高，我觉得她突然变得更加矮小了似的。我说我来看看您。三叔母拉着我的手，打量着，好像不认得似的。我心中突然有些悲凄。我说，还认得我吗？三叔母说："看这瓜娃，我咋能不认得呢。"她还问了我父母的身体情况。她说："你不回来看看，或许以后就看不上了呢。"说得让人心头一酸。我清楚地感觉到，她的思维是正常的。我说，安心养病吧，我期望在一个早晨，你还能出现在门前的草垛边。

我家和三叔母家仅一墙之隔。门前是一条公路，公路边上有她家的草垛。我在老家的时间并不是很多，大多数时间为了生活而无目的地奔走。虽然每年坚持回一次家，但这仍近乎一种奢侈。我习惯了早起，清晨出门，清新的空气扑面而来，让人有一种融入自然的感觉。晨曦里，听见有人在走动，在扫地。我还没有看清是三叔母，她已经说话了："不好好睡懒觉去，起这么早做啥？"她背着一背篓麦草，手里拖着扫帚，走了过来。她正准备一家的早餐。或许是因为我回家的次数逐年减少，早餐做成后，三叔母就在我家门口喊我的名字，坚持叫我过去吃上一些。其实，我多次吃过三叔母亲手做的饭菜。八十年代初期，我们老李家的土地因为劳动力不足，经常合在一起耕种。我们帮三叔母家耕种和秋收时，她总做我们喜欢的洋芋面，并且准备好了一大碟子蒜泥和一小碗油泼辣椒。我最喜欢吃她腌制的咸萝卜丁，每每从老家离去时，三叔母一定要为我装上一罐头瓶子。

三叔母就在这间屋子里去世的。一同和我赶回来的大哥，一时接受不了三叔母去世的事实。他念叨："怎么会呢？前几天不是好好的吗？"是啊，自从三叔母得下不治之症后，亲人们隔三岔五就去看望她，关于她的病情的消息，在亲人们中间互相通报着。我在这个春节里又去看了她。还是那间房子，还是羊毛毡，还是一条红花面的棉被。她吃力地靠在墙上，瞅着放在炕上的一碟瓜子。我忙为她剥了几粒，喂进嘴里。我问她还认得我吗，她不语，从眼神里可以看出，她在记忆中极力搜寻着关于我的影像，最后，我失望地看到，她没有成功，她放弃了。我剥着瓜子，泪水打在我的手背上。三叔母竟然看见了泪水，抬起手，在我的手背上拭了几下——我永远心存感激，母爱渗透在一个人的血液里。我一直没有说出当时的想法：三叔母已经失去了记忆，她不会在人世间停留多久了。这个隐忧，一直藏在我的心底。

人的一生很长，去天堂的路却很近。三叔母的坟地选在位于避风湾的我们老李家的老坟区旁边，距村子约两公里路程。下葬定在下午六时，晚秋时节，这个时候天应该黑了下来，便决定提前一个半小时出殡。出殡的炮仗"啪、啪、啪"响了三声，虽然不是巨响，但效果惊天动地，我相信村子里的每一个人都听见了，他们知道，又有一个人永远离开了村庄。三叔母家的门前，跪下了一大片人，其中就有她的子孙们。按照习俗，出殡时不许哭泣，但我们已经泣不成声。门前的那棵杏树，以及柳树和榆树，黄了的叶子，红了的叶子，在细风中飘零，真像洒落而下的眼泪。

一直到"服三"（从出殡算起的第三天）那天，我才注意到，前天沿山路去坟地时，被我忽略了的情形：几乎每块地里，都有新培了土的坟头。沧桑的三叔，挂着一条短棍，用手指着那些坟头：那一个是小灵娘的，那一个是老蔫爹妈的，那一个是小红爷爷的……在我眼中，这些坟茔，是生长在村庄身上的疤痕，且无法抗拒。

那天，出殡的队伍缓缓从村子里出发，好像从人的身体里穿过，那些熟悉的院落，大门，树木，牛羊，站在路边目送灵柩的人群，被慢腾腾地移在后面。花圈，幡幛，铭旌，消失在村口时，村庄好像从身体里移走了一块骨肉。我相信是疼痛不堪的。路上，晚秋的夜幕，真的如同一个舞台，该到拉上的时候挡也挡不住。暮色中，我看到棺材被缓缓放入墓穴中，哭声，哭声，悲怆的哭声，冲天而上，很快淹没了仅有的一抹霞光。燃烧的纸堆，速度缓慢，火光却随风飘浮，未燃烧充分的灰烬，带着火渍，在半空飞舞，好像一只只化蝶了的生命。

　　这些黑蝴蝶，陪伴着一个逝去的生命，走在天堂的路上。

/ 乡野仪式

第一天

农历的最后一天，黑得很早。站在夜色笼罩的院子里，能闻得见流动的空气中，弥漫着檀香的味道。这种气味，让人在寒冷中有温暖的感觉。我就知道，堂屋的老式桌子上，先人们的灵牌，摆得端端正正，三炷老檀香，慢慢地燃烧，岁月一般渐次逝去。先人的画像，神态庄重，目光内敛，平静得如一泓水。

最后一场雪，从下午开始酝酿，天刚暗去，就悄无声息地降临，你根本看不见它纷纷扬扬的姿态。我可以保证，这个晚上，家家户户的餐桌上摆放了平日里难得一见的食物，人人的脸上挂着欢娱，"宁苦一年，不穷一日"，一年的饥饱、辛劳，在这个夜晚似乎都得到了回报。

守夜的习俗一直没有变。年三十，在院子里燃放爆竹、互相嬉戏的侄子们玩累了，还没有交过夜，他们就和衣很快入睡，睡得连梦都没有做。父亲、母亲以及我的兄长们没有睡去，我们围着红泥火炉而坐，喝茶、抽烟、丢盹、续香，我们弟兄偶尔闲聊几句，父亲、母亲面带笑容，始终保持沉默。深夜三四点时，我和兄长终于抵抗不了眼皮的沉重，爬到炕上入睡。

还是凌晨，村庄的上空，就有几声爆竹炸响，声音尖脆悠远。一缕光条，悄然透进门缝，按照经验，这是积雪给我们的假象。"人勤春早"，雪光与晨曦交错中，父亲的身影模糊而高大。他在院子里劈柴。一块年前挖回来的树根，还没有风干，但已经被霜雪冻实，硬得脆弱，板斧劈下去，木屑四下飞溅。父亲不让我们碰板斧，说这是大人的事情——在他的眼中，我们永远是孩子。其实，好多人家都在劈柴，据说，这天劈柴，一年中不会缺财。母亲大约已经做好了早餐，叫我和兄长赶快放个爆竹，送走"瘟神"，然后吃长面。院门旁的墙角处，有一个小洞，专门用来疏导院子里的雨水，堵在门外的猫也能行走自如，我们通常叫它"水穿眼"。母亲已经在它的旁边，燃起了葱蒜皮子，气味呛鼻，如同瘟神。瘟神不受欢迎，只配走水穿眼，一串爆竹燃响后，就被打掉了。母亲说，但愿我们不会生病，生命长久。

太阳升起，西边山坡和院墙上凝固的雪块，一闪一闪的，刺目晃眼，水晶一般。院子里的那块树根还没有劈完，父亲就已经罢手，想必劈柴只是个象征。但他没有停下双手，又在扎一只红花。父亲用一根细绳子，转动圆规一样，在那些平展的纸张上绕一圈，纸张立刻出现了均匀的褶皱，机器做出来的一样好看。然后将纸张重叠起来，中间勒上细绳子，一层一层地撕开，动作小心、缓慢。扎这样一朵大红花，村庄里的好多人都很是娴熟，他们粗糙的双手，灵巧得让人惊叹。我的父亲扎好花后，面带轻松的表情，喊我们弟兄："准备一下，过一阵子要迎喜神呢。"

迎喜神，是初一必修的功课。村里的公用大喇叭，挂在村部前的杨树上，平日里，一般发布上缴公粮、平田整地、计划生育的通知，威严的声音覆盖全村。它大约有些年纪了，扭动旋钮时，浑浊的电磁声刺耳。大约九点多，播放一段欢快的《梁秋燕》，常规提醒大家，这等于是一个通知，但这不是行政命令。于是，我看到，家家户户打开大门，迎接代表喜气和财富的神灵。人往地里走，牲畜也往地里走。农民的命运，永远和土地相依相连，在乡亲们的眼中，土地是根，牲畜是本，和人一样，没有贵贱之分。人穿戴上了新衣服，精神了许多，牲畜的额头挂上红花，精灵一般俏皮。

村西北的一片土地上，年前的雪，被风旋落在避风处，形成了一道白色的地埂。在空旷的地里，几十头牲畜拥在一起，有的悠闲自在，互不搭理，有的警觉地竖着耳朵，有些胆子大的，伸着鼻子嗅着对方的气息。它们的双眼映出对方额头上的红花时，又好奇地把嘴唇伸向花朵。一伙孩子，在旁边"昂昂"地起哄，这些牲畜们，便奔跑了起来，踢踢踏踏的四蹄，搅起满天飞尘。有的大人，干脆骑到驴或者马的背上，由于技术不佳，不时有人从背上摔下来，引起一片笑声。山间田野里灵动起来，一切都活泛了起来。

几位年长者，按照老历头，对应喜神的方位，一排跪下，口里念念有词，大约是些祈求平安、丰收的话语。他们焚香，燃裱，叩首，作揖。父亲也在年长者中间，他见我一旁站着，示意我也学着他们。这时，打雷雨用的七八门"铁将军"，装好了火药，披着红花，一字摆开，壮观威风。炮手压好火药捻子，擦根火柴点燃。"嗵、嗵、嗵"，铁将军沉闷的声音直冲天际，在山洼里回放久久回旋，好像给喜神打开了通往村庄的道路。

这是六盘山下李家中庄的春节。

五穷日

春雪，还是年前的。它们散漫在山坡上，太阳偏西时，山坡灰暗，阳光照得到的地方，厚实透亮，像水墨画的留白。这种情境，让人想起梭罗的《漫步》，"每次看到日落，内心都会涌动起一股向西走的欲望，想一直走到遥远而美丽的日落之处"。这种欲望，隐含着对大自然的敬畏和对自然之美的向往。神秘而迫切。

雪，尚没有消融的迹象，冬天并没有远去。村庄道路上，一闪一闪的雪，寒光四射，脚踏上去，没有经验的话，会摔上一跤。一个大院里，散布着油彩的味道，浓烈而亲切，许多人忙着化妆。绿的、红的、青的戏衣，散挂在一根细长的铁丝上，简单陈旧，似乎经手多年。但孩子和大人仍然喜欢它们。这些孩子们，每年参加村庄的社火，很熟悉道具和衣服，挑拣好自己喜欢的戏服，穿上后，你一眼难以认出他是谁家的孩子，也弄不清他装扮的什么角色。

那四位大人，严肃了许多，几乎就是社火的全部故事和内容。他们站成一排，报着自己的角色：王灵官、赵灵官、天官、刘海。灵官花脸，武将打扮，手执钢鞭，钢鞭上，用彩纸扎成的绣球，消解着灵官的煞气。天官红脸，态度温和，手执的笏板上"天官赐福"四字，还没有来得及描新。刘海专司撒钱，脸色白里透红，偶尔一转脸，有些羞赧，我估计扮演者的年龄不大，虽是男孩，却扭捏得像个女子，有些可爱。村庄的社火，总是与祈福有关，这四位神仙，能够驱灾赐福发财，大家都喜欢。这个队伍，从初五开始，挨家串户拜年，说是驱"五穷"（天灾、人祸、苦难、贫困、病患），他们在院落走来走去，口里念念有词。

队伍里有一个角色，我叫不上名字，他的脸上涂抹了红色、黑色和白色，看上去没有讲究，随意得粗糙简单。可工作似乎很为重要，他要把五彩缤纷的油彩，趁围观者不注意时，抹到他们的脸上。我看到他的手上，捧着一堆挤出了的油彩，鲜亮喷香。后来，负责这个工作的，不止他一个了，有几个少年，从他的手中分了油彩，于是，围观者就很少有不被抹的。观众乱成一团，秩序看去混乱，可没有人叫骂，只有笑声，社火队也不去管他们。

我站在远处，看着他们。那个专门负责油彩涂抹的孩子，事先我们有过沟通，说好了不抹我的脸。他走了过来，低声说："说好了的，是不会变的。"他从我身边走过去了，他的几个伙伴，却围住我，朝我的脸上伸来了三个指头，红色的油彩，在我的双腮和额头留下了三个小堆。

我知道，我是跟他说好了，他也跟他的伙伴们说好了，他们要为我禳灾接福。

二月二

装香裱的匣子，木质细腻，做工精巧，可能是经常擦拭的缘故，光芒厚重而湿润。这个匣子，从年三十开始，就摆放在桌上，一直使用到正月十五。现在，大哥又把它拿到眼前，仔细擦拭，装上香裱。大哥说，二月二，龙抬头。

一把犁也被大哥拿了出来。年前秋播后，犁挂在后院的墙上休憩，我感觉它像展品似的，泛着辛劳的光华。可在村庄，挂起来的犁一点也不新鲜，就像一串挂起的玉米。犁侧放在院子里，犁尖蒙上了一层薄土，罩住了它的寒光。大哥噘起嘴，用力吹了几下，随即赶紧揉着眼睛。我肯定，是尘土扑进了双眼。犁身用杏木做成，树的自然生长形态没有变，犁需要那样的扭曲，像西北的一棵树，坚强站立，也像弓腰用劲的一个人。大哥用一片碎布，擦拭犁身上的灰尘，吹着口哨，内心充满愉快。

大哥还把牛牵到了院外。院子紧靠东山，大门朝西，一条土路逶迤而过。我常站在路上看看，其实是东张西望，村庄在我眼里，已经熟悉得像我的身体，村庄知道有一个人看着，它也熟悉我，包括我的脚步声。牛被拴在树桩上，安静地站立着，它熟悉尘土的味道，炊烟的味道，更熟悉村庄的呼吸。只是，这次，它看见西边的远山，一片淡绿，似有若无，它就知道，草木发芽了，真正意义上的春天来临。

村庄的老人说："牛是农本。"我揣着这句话上路，边走边思索，明白了其中的含意：牛是农民的命根子！所以，牵出来的牛，晒着初春的阳光，吃着大哥添到食料槽里的豌豆。豌豆颗粒饱满，日影一闪，透着光亮。这是牛的最高待遇，它知道，此后许多日子里，要和主人一道，深入田间地头。为此，大哥用一把刷子，刷着牛的身体，使它古铜般的毛色，更加凝重。大哥铲剔牛的蹄掌时，小心谨慎，但牛很配合，大哥捉住哪条腿，它会主动抬起哪条腿。修理后的蹄掌，踏得更加平稳有力。

现在是上午十一时，阳光的温度正好。好多人牵着牲畜，肩扛着农具，朝地里走去。大哥也不例外。自留地在避风湾上，一条路顺着山坡，由村庄开始，伸向腹地。我和大哥并排走着，我只是手捧香裱匣子，而那头牛，由大哥牵着，悠闲自在，走在民谣里一般。

牛站在地里，像一尊佛。人都说，牛的前身是佛。大哥选择了一处避风的地方，抟起一撮土，燃三炷香，插在小土堆上，再燃三张黄裱，作揖，叩头。我也照猫画虎，作揖，叩头。犁架了起来，大哥喊了一声，牛走了几步，犁尖插入土地。大哥说，放炮吧。我赶紧点燃爆竹，粉红的纸屑，花瓣一样空中散落，爆竹的声音，沉闷而悠远。

这一年，风调雨顺，又将丰收。

丰收祭

不止一次，我重复数年前青黄不接时的情景——

收获指日可待，这时，好多人家断了米面。每天，总会有行乞者走进村庄，或三或两，牵着的孩子，六七岁模样。母亲上工去后，就有人敲门。目光透过门缝，可以看到，一位老人，戴着草帽，靠着门框，似乎已疲乏不堪。他的脖子上，挂着只小布袋，打了补丁，脏兮兮的。大概没有讨要到食粮，布袋瘪瘪地贴着胸脯，如同他饥饿的胃。家里的糜面馍馍，少得可怜，每天由母亲计划着分配，装馍的篮子，高高地挂在房梁上，让人充满欲望。铁锅里，有前一天分来的红薯片，我掬了一把，开门，递给了老人。他拖着棍子走了，脸上露出满足的神情。这样的做法，母亲很少责怪，但也有例外。红薯片因囤放时间太久，部分霉变，散发着仓库的味道。但它们能维持生活，是村庄的救命粮。分红薯片时，我端着一只小盆，排在一堆人中，常因力气单薄，被挤在后面。一次，出门时没有锁上大门，玩耍回来，发现领回家的红薯片被盗，吓得要死。我紧张的神情，果然被母亲察觉，挨了一顿饱打。

都盼望着盛夏的到来。小麦收割时，大地充满喜气。收麦的人，都知道一个公开的秘密：可以把麦穗装进衣袋带回家。细心的人家，把麦粒揉搓下来，积攒起来，晒干后用石窝窝捣碎，做成粗面粉。像我家，当天的麦粒，赶紧下锅，煮熟了吃，奇香无比。当然，还可以去地里捡麦穗，我们都备了一副耙子，将地上的麦草，尽数收拾到背篓里。然后回家打碾麦草，总能弄出些麦粒。弯路上的自留地，不足三分，种了麦子，收获季节，母亲趁中午或晚上收工，将它们收割回来，扎成小捆，按"人"字形状，依次码放，等待风干。它们的诱惑，网一样张开，鸡、麻雀、老鼠，时常做贼一样光顾。一个艳阳天，母亲没有去上工，她将麦子摊在院子里，取出连枷，仔细摔打，再用簸箕扬掉麦衣，把粮食装进一只布袋子里。粮食不多，却有一种富贵的感觉。

接下来，我们期盼吃上新麦面。很快，母亲把布袋背到了老院。老院的一盘石磨有些年头，大多日子里，它紧闭嘴巴，默不作声。现在，是它最忙碌的时节，每天晚上，它欢快地叫唱着。我家的小麦，经它研磨，终于变成了面粉。还是晚上，吃完晚饭，母亲没有走出厨房，知道母亲要做新麦面馍，我们兴奋了起来。时间过得缓慢，一个多小时后，油灯下，几张白面饼子，布着火与铁的烙印，平放在锅台上，清香弥漫，松软诱人。

饼子被切成小牙，摆放在盘子里。现在，还不是能吃的时候，先得祭献"天爷"。我家的炕桌，用杏木做成，结实沉重，因经常擦拭，泛着暗淡的红光。母亲把它搬到屋外，摆在院子中央，尔后，再去厨房，端出新麦面饼子，双手放在炕桌上。她不急着走开，站在一旁，面带虔诚之色，小声地说着话。和谁交流？和天，和地，和祖先，和冥冥之中存在的神灵。

仪式单纯、简短。在村庄，感恩天地的赐予，过去这样，现在仍然这样。

/ 万物在故事中不老

　　她是什么时候来的，我和哥哥不知道，我们知道父辈们管她叫姑姑，他们要我们把这个个头高大、满脸皱纹的小脚老人叫姑奶奶。

　　天热得厉害，没有见奶奶喝一口水，难怪她的脸干得像枣儿，皱皱巴巴的。我们去厨房抓起水勺，盛上凉水，大口大口地喝着，身体里的火很快降了下去，脖子上的汗水也不再流淌。奶奶看着我们弟兄，着急地说："慢些，慢些，冰水喝多了生病哩。"管她说啥，只顾喝完，赶紧冲向杏子。我们知道，奶奶必定带来了杏子，就放在主屋的面柜上。

　　杏子装在一只竹编的小笼子里，个个都有鸡蛋那么大，黄澄澄的，泛着蜜香，我们可拒绝不了这种气息。奶奶家距我们家近二十里路程，得翻过两座山，爬过一条沟，她是小脚，走完这些路程自然不会轻松。俗话说"六月六，请姑姑"，那是大人们的事，请还是不请，用不着我们知道，或许没有请，她自己就回娘家来了。来了好，晚上，她有许多古今（民间故事）会讲给我们听。

煤油灯熄灭了，星光透进门和窗的缝隙，在黑暗的屋内洒落下几条细细的银线。奶奶轻轻地咳嗽一下，我们就睁大了眼睛。听古今就得睁大眼睛，这样注意力会更集中一些，我已经知道有个成语叫"聚精会神"。屋外轻轻晃动的树叶声，一点掩盖不了奶奶轻且细的声音。奶奶讲古今时，可能是我，中途总是插嘴，就会招来哥哥的责备："你不吵能行不？"我会反驳："你看，你不也吵了吗？"奶奶会说："你们都不要吵，再吵就不说了。"我们立即噤声，只听见紧张的呼吸声，想问的几个问题，只好放到天亮了。

屋内的耗子轻轻走动，与屋外松鼠的响动互相呼应。奶奶说："就说个驹狸猫的事。"驹狸猫就是松鼠。前不久，哥哥逮了一只，为防止这家伙逃跑，还在它脖子上拴了根红布条儿，养在一个纸盒子里。松鼠不怕生，很快和人混熟，哥哥把它放肩膀上，它经常会把领口当作洞口，"哧溜"一下钻了进去。每天喂食，是我参观的好机会——它吃东西，会直立起来，用两只前爪抱起食物，不顾斯文地往嘴里送，两个腮帮子鼓起来后，两只眼睛滴溜溜转，样子十分滑稽可笑。很可惜，一夜醒来，它竟然不知去向。有一天，哥哥发现它还绑着个红布条，在门前的榆树上玩耍，就喊它下来，可是它根本不听话，或者就没有听见，一转眼，不见了踪影。所以，听奶奶讲松鼠，我们十分乐意。

奶奶说，驹狸猫为啥叫这名字？"驹"，就是说它机灵，动作快；"猫"，意思是它像猫一样会上树；说它是"狸"，那可是千年修炼的神物啊。天上住着的神仙里，有个白胡子老头儿，叫太白金星，这老汉人和气，经常来人间给玉皇大帝跑腿儿。孙猴子在花果山水帘洞占山为王时，太白金星踏着祥云来请猴子到天上做官。这老汉和你们一样，爱耍个驹狸猫，来花果山时，袖筒里就带了两只。花果山的小猴子不认识太白金星，把老汉当妖怪抓了起来。撕扯的过程中，两只驹狸猫从袖筒里掉了出来，老汉慌忙去抓，可没有抓住，让它跑了。奶奶停了下来，我和哥哥觉得这古今太没有意思了，鼻子里直哼哼。奶奶说："还没有说完哩。你晓得不，驹狸猫背上的五道印，就是他老汉抓出来的呢！"噢，真的呀。可是，我们弟兄对松鼠背上的五道印并不感兴趣，只疑惑太白金星的袖筒为什么能装东西。我们的袖筒根本不能装东西，除非不穿在身上，再把袖口扎紧。奶奶说，古人的衣袖宽大，口袋倒缝在袖子里，能装好多东西。便想，倘若我能有神仙这样的袖子，装上一些小玩意儿，和其他朋友玩耍时，猛地从里面掏出个东西，那还不叫朋友们又惊诧又羡慕！于是决定第二天叫奶奶帮我也缝一个袖筒里的口袋，但一觉醒来，这事就模糊在梦里了。

按奶奶的故事去理解，似乎人间的飞禽走兽大多是上天赐予的，要不然，也是被贬到人间的。比如在我们家房前屋后的大树上常见的喜鹊。它们虽然春来冬去，但不是村庄的过客。比如，它们的巢永远安在村庄的杨树和槐树上。由于是仙界派来的，我们这些淘气的孩子从不上树掏喜鹊蛋，倒是一些大人，冬天的时候，上树取用它们搭建房子的树枝，或许大人并不担心喜鹊生气而啄屁股吧。

奶奶常用"很早很早的时候"给故事开头，当然，我们明白那是年代十分久远的故事了，假若不这么开头，或许奶奶就讲不好。她说，很早很早的时候，人世间没有一朵花儿。有一年腊月，喜鹊在天上的花园里耍腻了，就悄悄地飞到人间游玩。他看到人间荒凉得像个地狱，便飞到天宫，请求王母娘娘给人间赐些花籽儿。王母娘娘是谁？是玉皇大帝的老婆，她是个麻烦的人，连玉皇大帝也让她几分。王母听了喜鹊的请求，心里想，何不叫百花仙子去给人间撒些花籽儿，在人间留个好声名。梅花是王母的心肝宝贝——奶奶在黑暗中抚摸着我的头说："就像你一样，是奶奶的心肝。"

王母私心重，临撒花籽儿前，叮咛百花仙子："可以叫百花开放，却不能让梅花开放。"百花仙子领命下凡，将许多花籽儿撒向了人间大地。第二年冬天，喜鹊又飞到人间玩耍，看到人间仍然是干山秃岭，飞回天宫后，又请求王母给人间撒些在冬天可以开花的花籽儿。王母不答应，喜鹊没办法。过了几天，喜鹊趁百花仙子睡着时，进入百花房，偷了一根梅花枝插到了人间，从此以后，人间冬天的大地上也就有了花儿。有一年冬天，王母心血来潮，下凡散心玩耍，她见有许多蜡梅开放，十分恼火。回到天宫，便拷打百花仙子，问是不是她私自给人间撒了梅花籽儿。一人做事一人当，喜鹊就一口承认是自己做的。王母一听，当场下令把喜鹊抓了起来，严刑拷打，把喜鹊身上打得青一绺子，紫一绺子。太白金星是个好人，这事传到他的耳朵里，他趁王母不注意，偷偷放了喜鹊。喜鹊飞到人间，看见梅花开了，很是高兴，便在梅花树枝上欢闹了起来。过年时木格做成的窗户上贴着的"喜鹊闹梅"剪纸，就是从这里演化而来。

我的母亲，能够虚拟出梅花，让整个冬天充满喜气。她折来一根枝丫繁多的树枝，缠上棉花，将蜡烛熔化，加入用积攒的头发从货郎手中换来的红色颜料，然后用手指蘸蜡水，小心地粘到棉花上去。母亲的动作缓慢，好像在完成一个十分浩大的工程，叫人等待得心烦。出去玩耍一会儿回来，两束花已经分别插在两个酒瓶子里，端端正正地摆放在木桌上，使昏暗的屋子划过些许灿烂的亮光。母亲告诉我们弟兄，这就是梅花。尽管没有袭人的香气，但很讨人喜欢，总有摸一下的欲望。当然母亲不可能允许，警告说会弄坏了的。

大人们喜欢喜鹊，它跳在墙头上叽叽喳喳时，大人们一定会说，"喜鹊叫，喜事到"，果然灵验，总会有亲戚光顾，亲戚到了，家里自然会做些我们平时吃不到的美食，一般情况下，亲戚也不会空手而来，姑奶奶就是这样。可是，我觉得应该是"喜鹊叫，要挨揍"更准确些。几乎每次亲戚到来，我们弟兄还没有等亲戚落座，就去看他们带来的东西，这让大人觉得很没有面子，亲戚走后，母亲会提着笤帚，满院子追打我们。至于喜鹊身上留下的那些青紫色伤痕，变成羽毛后的确十分好看，好像彩色玻璃球儿，阳光下会闪射出迷人的光斑。这不由让人在痛恨恶毒的王母时，产生拥有一根喜鹊毛的想法。后来，我在村子的几棵槐树下转悠了好长时间，终于捡到一根，可惜的是，这根羽毛脏兮兮的，少了让人向往的光华，玩了不到半天，见没有人羡慕我，很是失望，就随手扔掉了。

奶奶的古今几天几夜说不完，好像她专门为了讲古今才给我们做奶奶的。奶奶说："很久很久以前……"哥哥随即大叫："唉，烦死了，能快些说不？"但奶奶不管我们烦不烦。很早很早的时候，谁家两口子生了一个又白又胖的女孩，起名叫白豆儿。过了两三年，白豆儿妈得了治不好的病去世了，白豆儿爸就给她寻了个后妈，后妈生了一个女孩儿，起名叫黑豆儿。后妈偏心，啥都由着黑豆儿，饭热了怕烫着嘴，凉了怕坏了肚子，但从不给白豆儿吃过饱饭，白豆儿瘦得像火柴杆杆一样，就连衣裤烂了也没有人补。白豆儿长大一点，经常去放牛，还住在牛圈里。一天晚上，后妈对白豆儿说："明日放牛，牛不能吃得多也不能吃得少，不然，以后你就不要再进这个家门。"第二天早晨，白豆儿吆着牛到了山坡上，就坐在地埂子上哭，老牛看着她的样子可怜，说："白豆儿，白豆儿，不要哭了，赶快把手放在我的尾巴下，再把眼睛闭上。"白豆儿听见老牛说话，觉得很惊奇，可还是按照牛说的去做了。等她睁眼一看，手里出现了几块黄灿灿的金子。白豆儿就高高兴兴地回了家。后妈见白豆儿拿着许多金子，笑着问："我的乖女子，你从哪里弄来的金子，快给妈说实话吧。"白豆儿就把事情的经过一五一十地说给后妈。后妈想：有这么好的事，咋不让我的黑豆儿去放牛？黑豆儿一听能拾上黄金，愿意去试一试。第二天一早，黑豆儿穿上烂衣裳赶着牛上山了。到了山坡上，黑豆儿也坐在地埂子上大哭。老牛看见她伤心的样子，就说："黑豆儿，把你的手放在我的尾巴下，把眼睛闭上。"黑豆儿一听，高兴极了！她就按照牛说的去做，等了好长时间，睁开眼睛一看，哪里有黄金啊，两只手上全是牛粪。黑豆儿这回真的哭了，一口气跑回家，把情况说给了她妈，她妈听了，哼，哪能叫娃娃受侮辱，这个仇一定要报。过了几天，后妈交给白豆儿一些烂布，一些乱麻，交给黑豆儿一些好布和已经合好的长麻叶，要她们俩第二天一早纳成鞋底子，谁若是做不成，就赶出家门。白豆儿看着眼前的这些东西，又趴在牛圈里哭，哭着哭着就睡着了。第二天一早睁开双眼，一双纳得齐齐整整的鞋底子已经摆在枕边。后妈看了，口里没言语，心里暗想：可能是老天爷暗中帮她哩。从此以后，后妈就再不敢刁难白豆儿了。

后妈多可怕呀，哪怕是会说话的牛，都要比后妈好得多。爸爸不在，我们弟兄和奶奶挤在一个大土炕上，妈妈睡在最外边。昏暗中，哥哥翻了起来，朝妈妈那边张望，我能感觉得到他的黑影让我的眼前更黑。其实我已经张望过了，妈妈肯定没有听古今，她的呼吸均匀并且极有节奏，睡得很香很香，绝对不会有问题。

但这个古今有许多问题，比如，白豆儿的爸爸怎么不去心疼自己的女儿，牛怎么会开口说话还会去帮助白豆儿，黑豆儿为什么不把白豆儿当作亲姐姐对待，等等。当奶奶又补充说，老牛是白豆儿的亲妈转世时，我们觉得其中的问题更加复杂了。这些问题搞不清也罢，但"白豆黑豆是不是田地里生长的那个豆"这个问题却纠缠得我一夜没有睡着。毕竟，豌豆是这个季节上天赐予大地的美味。山坡上的一些土地，种了成片成片的豌豆，按照大人的理论，下年就该倒茬种上小麦。眼下，小麦已经动镰，豌豆也将成熟。一个月前，豆角正嫩，但大人们不允许孩子们进地采摘。不仅同村的伙伴，还有我和哥哥，都喜欢趁大人不注意，像电影中的坏人一样偷偷潜入豆地摘豆角吃。豆荚打开，绿绿的豆粒儿香甜可口，豆荚也不会被我们浪费，可以"打背皮"吃掉，我妈好像很少阻拦我和哥哥去地里，她看我们肚皮鼓起来，就会少做一碗饭。豌豆成熟收割时，大人竟然欢迎我们去地里，当然不是叫我们采摘，而是将那些掉在地上的豆粒捡回家。捡回家的豆子中，白豆最多，其中杂着一些黑豆，炒熟了，装在衣袋里，咯嘣嘣地嚼着，好几天可以不找馍馍吃。

现在，要等天亮之后，和哥哥商量一下，今年捡回来的豆子，讨厌的黑豆还吃不吃？

奶奶不会长时间住在我家，她会被她的儿子接回去。我和哥哥出去玩耍，回家后她就不见了。不见了也不奇怪，每年基本就是这样。我们知道，她正月必来，肯定是正月初六。据说，初六就是回娘家的时间，反正奶奶老了，用不着她去下地劳动。如果我妈不上工下地，也会回娘家。奶奶说来就来了，我们玩耍回来，就看见她坐在炕上。便期待天快点黑下去，听奶奶讲古今。屋子里弥漫着柴火熏烤土炕时散发出的焦腥味，这是温暖的气息，整个冬天，我们的身上沾着它们，影子一样挥之不去。晚上熄灯后，屋内安静了下去，能听得见年前我们从山上扫来的茅草在炕洞里燃烧的声音。我家的一只花猫，蜷缩在我的脚下，它不管人多人少，不管讲不讲古今，卧在最安全和最暖和的地方，如果不去打扰，就一直哼哼唧唧地"念经"。奶奶知道我们醒着，说："就说个猫儿的古今吧。"

"很久很久以前"，必然是这样开场，我和哥哥抢着说。很久很久以前，动物们都住在一起。老虎是动物中的大王，叫谁干啥就得干啥，若谁不愿意，就一口吃掉。老鼠受不了这气，想偷偷跑掉。猫是老鼠的好朋友，老鼠就对他说："咱们在这里过着不如意的生活，太没意思了。不如这样，咱们把老虎的金子偷上，然后远走高飞。"猫听了后，十分赞同，想都没想就应和了。到了深夜，他们溜进老虎的房间，悄悄拿走了一包金子，然后连夜出逃。老鼠和猫在另一个地方生活得很愉快。一天早晨，猫买来了一只鸡，本想请老鼠中午吃上一顿，可是到了中午，鸡却不见了踪影。猫对老鼠说："我想请你吃鸡，可是鸡却不见了，真是奇怪。"老鼠说："咱们谁跟谁，你有这份心就够了。"第二天，猫又买了一条鱼。这回他多了个心眼，悄悄爬到树上偷看。不看不知道，一看吓一跳。原来，是老鼠溜进来把鱼吃了个精光。猫装作不知道，故意问老鼠："我想请你吃鱼，可是，不知是哪个坏蛋给吃光了。"老鼠说："谁能这样做啊？"猫见老鼠不承认错误，十分气愤，就扑过去，要吃掉老鼠。从此，猫见了老鼠就像见了仇人一样去抓。

　　我在黑暗中偷偷笑着。我已经两次偷吃过哥哥的美食，一次是咬了一口他藏在炕桌背后的苹果，一次偷了他一粒"洋糖"。糖一毛钱一袋，一袋十粒，是过年时妈妈给我们的，哥哥把它压在书包下。笑了一会儿，不敢再笑下去，哥哥会不会像猫一样不认我呢？我决定第二天要还给他些东西才好。至于老鼠，的确是让人不喜的动物。院子的东南角，挖了长两米、宽一米、深一米半的大坑，坑里养着三只白兔。最初是两只长毛兔，说是可以剪下长毛换钱，可惜它们莫名其妙地死掉了，大人说兔子肉不能吃，深埋在了院子前面的小树林里。这三只白兔，全由我和哥哥喂养，到底换过钱没有，似乎从来没有关心过，因为我们没有缺过钱，需要买铅笔和本子时，妈妈会找出一颗鸡蛋，用它，就能在学校附近的代销点里换来需要的东西。放学的路上，可以随便折下几根柳树枝，回家后扔到坑里喂兔子。兔子喜欢吃嫩叶，也喜欢啃树皮，我们尝过，这些食物生涩难咽，但兔子吃得有滋有味，最后只剩下骨头一样白晃晃的光杆杆。兔子窝要定期打扫，这不是费力的事情，跳下坑，将它们啃食过的树枝扔上来，把灰黑色粒状粪便扫到一边，用铁锨铲出来，再将灶膛里掏来的草木灰洒在臊腥难闻的尿液上即可。

有天中午，从坑里上来，觉得左边的袖筒里有什么东西乱抓，摸一下，又不抓了，过一会儿，却换到了肩膀上。我一把攥紧衣领口，在院子里又跳又哭。哥哥过来帮我翻开衣领，捉出了一只小老鼠。尽管它已经被我捏死，但我还怕得要命，它是四害之一，身上不知有多少细菌！所以，我喜欢猫抓老鼠。我亲眼见过猫抓老鼠的过程。养猪场距我家约二百米，冬天，猪倌老汉的那间小屋异常暖和，能闻到泡在大缸里的麦麸散发出的类似于甜酒的香味。老汉不反对我和一只花猫趴到炕上去取暖。一会儿，猫不老实待着了，它翻了起来，支棱起耳朵，轻轻地走到炕沿边，将身子伏了下去，然后弓起腰，"嗖"地一下射了出去。它再上炕时，嘴里叼着只老鼠。每当我讲起这事时，许多伙伴围着我，让我骄傲了好多日子。

奶奶回去了，我们知道，她六月六还是会来的，并且带着黄澄澄的大接杏。

可是，这个六月六奶奶却没有来。不来也罢，即便是她不来，我们也不缺杏子吃。门前的小林子里，有桑树、桃树、榆树，也有几棵杏树。桑树和桃树是父亲栽植的，杏树不知道来历，从记事起它就在了。现在，虽然杏树上的果实没有奶奶带来的大，但它毕竟是酸甜可口的杏子。靠近西边的那棵，果实最为繁盛，中午时分，我和哥哥决定上树摘取。还没有上树，妈妈站在门口说："小心点，树下面有苋麻哩。"我们看看，果然树下长着一丛荒草。这就是苋麻。

奶奶说过苋麻的故事，当时我和哥还叹息了一声："唉，又是后妈的事！"奶奶说，很久以很以前，山脚下住着一户人家，主人赵老大做小本生意，老实厚道，妻子也很贤惠善良。他俩膝下无子，只有一个独苗女儿，取名叫"贤姑"。贤姑七岁时，她妈得病死了，抛下赵老大当爹又当妈。后来，有人给赵老大介绍了一个女人。那女人嫁过来时还带着一个儿子。这女人前两天还好，可不久就变心了，经常摔碟子拌碗，骂贤姑是破篮子臭架子，一天只知吃吃喝喝。一年之后，赵老大出去做生意，一年半载不回来。赵老大走后，后娘立即把贤姑赶去耕田、放牛，让贤姑穿破衣裳，吃残汤剩饭，睡牛圈。三九寒天，后娘不给她棉衣，还让她在院里捣米。贤姑一边捣米一边流着眼泪唱："小贤姑，苦呀苦，六七岁上死了娘，跟着爹爹还好过，就怕爹爹娶后娘。娶了后娘来我家，带个弟弟比我强，弟弟吃干我喝汤，端起碗来泪汪汪，想呀想亲娘。"后娘听见了，大发脾气，扯住贤姑就打，不防把她给打死了。后娘怕恶事败露，趁着半夜将贤姑的尸体偷偷埋在了一个大湾里。几天过去了，后娘做贼心虚，想去那里看看情况。她见埋尸体的地方长出了一丛嫩草，便伸手去拔，没想到被这草狠狠地咬了一下，她大叫一声"贤姑哇"，一位附近放牛的牛娃错听成"苋麻"。从此，"苋麻"一名就这样传开了。

大人告诉我们，苋麻是毒草，不小心触及，皮肤会发痒、红肿、疼痛，虽然它是人间女子所变，但还是惹不起。看来，这一树的杏子是吃不上了，不由得想起了奶奶和奶奶带来的大杏子。踌躇间，听见大人互相说，明天就是奶奶的百日，得去给她上坟。百日我懂，就是老人去世已经一百天了，按照习俗，百日就得前去祭奠。不知怎的，我一屁股就坐了下去，正好坐在了苋麻上，说不清是疼痛还是伤心，反正"哇"的一声哭了。

那种疼痛是短暂的，但故事中的一切不会老去，如岁月一般绵长。

/ 民谣记述

下白雨，赶绵羊，头一场大雪，擀毡匠。
——民谣《四大白》

1. 母亲的咒语

中秋前夕，一场细雨灌透了土地。潮湿而清新的空气里传播着家家户户正在谈论的秋种大事。晚饭后，我趴在炕桌上做家庭作业，父亲挪动着装在口袋里的小麦种子说，后天种？母亲接口说，就种在塔儿坟吧。塔儿坟是一片土地的名字，那里有我家平整的两亩多地。前年的时候，这里种了一地豌豆。麦茬种洋芋，洋芋茬种豌豆，豌豆茬种小麦，茬口都是在母亲的计划下调节好的。豌豆茬底肥足，含氮高，一茬可连种三茬麦子。和土地打了大半辈子交道的母亲的话总是这么有道理。

至于那些种子，并不是随意地从哪个口袋里拿出来的。它们都被母亲长满老茧的手筛选过。现在，它们泛着古铜色的光泽，安静地聚集在另一个用麻线织成的口袋里。此后，它们躺进松软潮湿的土地里，发芽生根，晚秋的白霜从麦禾的头上抚过几次后，这些庄稼汉的孩子，在土地深处蓄积精力，等待来年春天的到来。这时候，总有一场雪准时赶来。

我弄不清楚，在山村，到底是季节催醒了大地，还是庄稼人的农具唤醒了沉睡了一冬的麦禾。春节刚过完，我看见母亲开始拾掇那个名叫铲子的小农具。她就用这把小铲子，在三月的阳光下，不断敲打着麦田，铲除混迹于麦禾中的杂草。

春夏之交，小麦拔节时节，我家的麦禾已经做了最后一次锄草。这时，最需要一场透雨让庄稼生长得更好。但雨水总是不能按人们的意愿而至，老天就这么吝惜自己的一点雨水，人们越盼着它，它越是舍不得掉下一滴来。我看见好多乡亲抬头看着老红的日头，口里直念叨："这死天爷，咋不下一滴雨呢？"有一天中午，我看见从地里回来的母亲把没有喝完的凉开水朝房檐水窝儿里倒，边倒边念叨："不是今日就是明日，不是今日就是明日。"我觉得奇怪，问这是做啥。母亲神秘地说："天就要下雨了，这不，房檐水窝儿里水都满了。"我觉得很好笑，后来明白那是人们祈雨的一种惯用方式。我曾经趁家里没有人的时候，也在房檐水窝里倒水玩，放工回来的母亲看见地上湿湿的，惊慌地说："你咋乱耍呢？"好像我惹下了弥天大祸。我虽然在房檐水窝里倒了水，天上却并没有落下雨来，或许，天考虑到我是个孩子，我的行为不算数吧。

而麦黄六月，庄稼人却又最怕下雷雨。这时节的雷雨来势凶猛，往往伴着冰雹，铺天盖地，天地间都是白茫茫一片。也或许缘于此，方圆百里的人们都把发雷雨叫作发"白雨"。北边天边的云头刚出现时，村子里一片喊声："打白雨了，打白雨了。"随后就能听得见人们奔跑的脚步声，急促、紧张。他们把三个"铁将军"从修建在北山顶上的炮台里"请"出来，隔三五米一字摆开，当云由白变黑并且开始集结时，他们就给铁将军填充火药，并用胳膊粗细的铁杆，在铁榔头的敲击下把火药不断捣实。这时，半空飘来的"叮当、叮当"的声响，悠远、回落。南白雨（从南边涌起的云）风声大雨点小，北白雨（从北边涌起的云）则凶猛异常，凝结得像灰石头一样的云压得很低，几乎搭在树梢上，锋利的闪电不时切开云层，巨响在人的头顶上爆炸。看那架势，天要塌下来似的。看云头过来，炮台上的人们就点燃铁将军，随着震天动地几声响，放在炮口的瓦片儿呼啸着飞向云头。村子里年长的老人捋着胡须说："听将军的声音，这一下把白雨打住了。"意思是说，白雨是天上的龙发威，铁将军上的瓦片儿说不定打在了龙的什么地方，龙只好逃走了。

发白雨前，地里收割的人们赶紧停工，急着回家，被白雨隔住不能回家的，只好钻进某个山洞里避雨。母亲往往淋着雨，顶着豌豆大的冰雹回到家里。她是小脚，一路上奔跑的艰辛，看看浑身的泥水就能知道。她站在台阶上，瞅着白哗哗的雨雾，心中替成熟的麦子着急，自言自语道："这死天爷，要塌下来呢。"我多次看见，母亲卸下镰刀架子上的刃子，把刃子丢进雨中，用十分生气的口吻说："再下，杀了你。"好像在惊吓天上的龙。然后朝天上喊着："白雨过去了，过去了过去了过去了——"绵软而焦急的声音很快被卷进雨水中。

几分钟后，雨过天晴，彩虹跨过南北山巅。

那时，我从未怀疑过母亲对付大自然的咒语。而我，麦收时节也总会站在麦子地里，高过麦子一个头颅。

2. 大地上涌动的白云

羊群是涌动在大地的白云。

春夏时节，一群羊，几群羊，从村庄慢慢涌向山顶。从山下朝上看去，它们挨着天际，好像在天上蠕动。

秋天，庄稼还没有完全归仓，冬天的脚步就随着一天紧似一天的寒风走来了。一夜醒来，清晨打开门窗，见外面的草叶上铺了一片白霜，白得像光电闪过眼睑。不久，雪一场接着一场——阳光还没有来得及消融上次的那场雪，这场雪又赶了来。村子里的大麦场，冬天里应该是最闲暇的，那些庄稼已经全部打碾归仓，它躺在白雪之下，显得安静、宽阔，好像在享受一年辛劳所带来的回报。而立在麦场里的那几个麦草垛，头顶着一片白，谦虚地将麦场的功绩隐藏了起来，让老鼠在里面安家越冬，让麻雀在周围吵闹。

春风的脚步刚刚踏来，山上的青草总比田里的禾苗敏感，还没有用轻柔的手抚摸大地的脸庞，它们就醒了。你根本就没有注意到山野里的变化，有一天，不经意地朝对面阳洼地里一看，惊喜一下子涌上心头，那些苜蓿地里，一夜之间染上了鹅黄，淡淡的，浅浅的，像水粉画家把水粉在清水里调制了一会儿，提笔时不小心染上去的，滋润的空气里便飘荡着雪水浸透浮土的腥味儿，这才是初春的气息呵。打开久封的门窗，让这些空气进来，阳光明媚了起来，天空湛蓝了起来。偶尔听见一缕细细的"嗡嗡"声响从屋子里绕过，那一定是苍蝇了，夏日里令人讨厌的家伙，现在却让人感受到天暖了，春来了。过不了几天，麦苗也钻出了土面。在有月的夜里，村庄静得能听见麦苗破土而出的"喳喳"声。

一年四季的活计，全部掌握在乡亲的手中，并且安排得井井有条，包括那些农耕大事和农耕之外的细枝末节。村子里的大喇叭响了，先是几段乡亲们百听不厌的秦腔，紧接着是活计安排："明日一早紧场！"哦，对了，是到紧场的时间了。那个位于村子中心的大麦场，冬天消融的雪水不断渗入地下，春天的暖阳在微风的作用下，将温暖一缕缕地送到它的身体之内，麦场的冻土复苏了，那些钻进土里的麦粒，发胀，闪亮，麻雀们经常在这里聚餐，麦场变得松软、温柔。但这不是庄稼人所需要的麦场。麦场必须平整、坚硬，经得起石碌碡的碾轧。

没有在山村生活过的人，肯定不知道这场是如何"紧"的。几对牛先进入麦场，架起了犁，排起了队。插入土地的犁，把麦场的土地卷起。几只，几十只，不，是一群麻雀，在翻起的土里寻找麦粒，做最后的清理。耱把翻起的土地抚平后，羊群出动了，它们好像知道自己肩负的使命，在牧羊人的指挥下赶往刚翻过的麦场，它们站好队，一个紧靠着一个，一声鞭响，开始在松软的土地上前进，脚步有力、急促、坚定。一圈过去了，松软的土地上留下了它们的脚痕，几圈过去了，土地变得坚硬了起来，几十圈过去了，土地平整而且瓷实。它们不知疲倦，用自己的蹄子捣实了每一毫米土地。

真的，我最喜欢看它们紧场，在感觉中，那分明是一片白云在土地上涌动。

3. 想带你们去看雪

或许是疲于奔命后的麻木，现在，觉得自己老了，对眼前的事物少了昔日的兴趣和敏感。有时，竟然渴望让雪覆盖那些喧闹。

往年的晚秋时节，山村里的一些树叶还坚强地挂在树上，猝不及防，一场雪就悄无声息地来临了，飘飘洒洒，漫天飞舞。而今年却大不一样，我和许多老农一样，掐着指头计算着冬天走近的日子，想一场雪来临的样子。但是，第一场雪还是姗姗来迟。

农历的十月初一，在我的印象中，应该是个落雪的日子。晚上，天很黑，就是我们平常所说的"伸手不见五指"的那种黑。雪下着，但看不见下雪，只能感觉到雪花落到脸上、脖子里的冰凉，也似乎能听见雪花落下去时发出的"嘶嘶"声。习惯里，雪花是那么轻盈啊，轻盈得没有一丝声响。这一天晚上，村子里的很多角落里，燃烧着跳动的火焰，这是乡亲为逝去的亲人送过冬取暖的东西。冬天里，逝去的人和活着的人一样需要温暖，因为就像春天有雷、夏天有雨、秋天有风一样，冬天必然有雪，有雪就有透彻骨髓的寒冷。我跪在地上，看着火苗中的纸灰升腾而起，和雪花一道飞扬，心中就想着，先人们是和雪花一样飞舞着，带走人间给他的温暖的，他们来去有踪有影。虽然长跪在雪中，心中却有几许感动。

第一场雪没有像过去那样落下，农历的十月初一过去了，我有些失望。如今气候多变，和多变的世事一样。城里，街道两旁的树木上的叶子飘落着，有时还落到行人的头上去。当然从落叶中还是感受到了季节的变化，女孩子们脱下秋装，穿上毛衣毛裙，看上去跟蝴蝶一样。人们没有注意第一场雪已经推迟，雪给生活在城里的人带来许多不便，除了孩子。但在我的山村，雪该来的时候没有来，乡亲们平时见了面说"吃了吗"，现在见了面却互相说"该下雪了吧"，抬头看着天空说"这死天气"。路上的尘土积了厚厚的一层，有点风或者有辆车经过，就肆无忌惮地扬了起来，空气里充满了呛鼻的焦土味儿。地里的麦苗不愿冬眠似的，一把干枯的叶子中杂着一根半根绿叶。有些孩子们感冒了，有些老人不断咳嗽着，连麻雀也焦躁不安地在树枝上跳来跳去。

这几天的早上，天是阴沉沉的，可是下午却又放晴了，好像准备了一把雪却又不愿撒下来。我是有耐心的人，并不急躁。总有一天会落雪的，不落雪还像个冬天吗？如果天空的容量超出它的包藏能力，肯定会下雪的。果然，今天，落雪了。早上，我从城市里的一栋楼房里爬起来，习惯性地拉开窗帘，无意中透过窗户朝楼下看了一眼，院子里有些潮湿，起初，以为是下雨了，要不就是雨夹雪。但过了一会儿，就有雪花掉了下来，稀稀拉拉的，大片大片的。我有些惊喜，意外的东西总让人惊喜。我趴在窗前，看着雪花，就像看着一个人，只是静静地看着，不想走进她的空间去惊扰她。大约过了一刻钟，雪下大了起来，纷纷扬扬，中间还卷进了一些风，雪花在空中互相碰撞着，穿梭着，宛若听见雪花互相牵手的声音。应该说，雪花是善解人意的，不像雨水，四处横流，一片泥泞。半小时后，雪停了，地上已经是厚厚的一层。天上的云撕开了一丝缝隙，太阳的白光探了出来。我喜欢这样的情境。

楼下不知什么时候聚了几个孩子。他们穿得暖暖和和，戴着手套，在雪中堆着雪人，团着雪球打着雪仗，雪给这些城里的孩子带来了不同于平时的快乐。他们欢快的笑声在楼房中间撞击着。我看着他们，很想下去和他们一起玩耍。我上小学时，书包里的书本不多，学校布置的作业也不多，下雪的日子，一走进家门就扔掉书包，一头扎进冰天雪地。村子里的树上，雪像春天里的梨花一样绽放，不愿迁徙的麻雀就在树上高兴地啁啾。我们在雪地里捉雪花，在雪地里用脚踩出像汽车轮胎的印痕，去山上顺着兔子的踪迹找这豁嘴的家伙。

我像他们这么大的时候，不懂得堆雪人，也不懂得打雪仗。下雪时，我们说是"天上下白面了"，虽然雪比白面还要白，但我们仍固执地认为白面和雪花一样白。我们小心地到雪地里去，生怕踩脏了雪花。当然也把雪堆起来，但不是堆雪人，是堆起白面，然后把它再分成几小堆，说这堆是分给谁家的，这堆是分给谁谁谁家的，还捧起来送到口里去，雪粘在嘴唇上，慢慢化掉，却感觉不到冰冷。我们也不戴手套，手上皲着口子，刚开始时，雪渗了进去，还有些疼痛，但一会儿后手就热乎乎的，所以有好长时间我认为雪是热的。山村很会照顾我们这些孩子，空气很硬，雪不容易消融，即便是太阳出来，上学的路上，仍然可以从分成堆的雪旁走过。不像城市里，地下是纵横的供热管网，孩子们堆成的雪娃娃很快就会变形。

孩子们，我很想带你们到我的山村去，因为这个时候，我的山村也在下雪，雪盖住了那些绵延起伏的山头，树上挂着一串串冻结了的雪花，还盖住了屋顶，屋顶上有一缕缕蓝色的炊烟升起，在冰天雪地中，在树枝间缭绕飘浮。这些都是让人温暖的情境。我带你们去，一定让你们玩得开心。我们一起去扫雪，去看野兔如何在雪中觅食，一起去山上听麦苗在雪层下面酣睡时的呼吸声。

孩子们，我之所以这样说，是因为我是生活在城里的为数不多的农民。

4. 记忆中的老行当

羊毛毡隔潮、暖和，那时，谁家的土炕的席子上铺了一张羊毛毡，是非常令人羡慕的，几乎是富有的象征物。"金窝窝，银窝窝，不如咱家的毡窝窝"，说的大概就是这个意思。

土地未承包前，羊群归集体所有，每年五月，生产队选择一个艳阳天，把羊群赶到河里，集体洗澡，等它们身上晒干后，待在一边的大人们，把羊只压在腿下，操起锋利的大剪刀，剪下那一身羊毛，极有节奏的"嚓、嚓、嚓"声绵长、温软，在我的感觉中，那不是在剪，而是慢慢地脱掉羊身上的衣服。这些羊毛，被拧成捆，上缴到公社的收购站，换来一些农资用品。可是，这并不意味着家家都没有羊毛，好多细心的乡亲在上工和下工的路上，捡拾羊只擦挂在树枝上的些许羊毛，当然，也不排除在剪羊毛时顺手掖藏一点。于是，有几位老太太或者老大爷，手里执着纺锤，将那少得可怜的羊毛纺成线，织成毛袜子，给孩子过冬穿。而羊毛毡，则是奢侈品，只有在外地干公事的人家，才有能力购得一张羊毛毡。

　　队里也做羊毛毡，做好照旧上缴到收购站，我想，羊毛毡作为商品，那可能相当于眼下流行的毯子吧。当时，能做这活计的是一位陈姓老人和一位柳姓老人，大人们都叫他们"老伯"。每年八九月，他们这一对老搭档在生产队的大仓库里进行队长交给的擀毡任务。我对这些老工具总是充满好奇和热情，如果时间充足，家长不布置拔猪草一类的活计，可以一整天守在那里看他们干活。他们拨动悬在半空的一张大弓的弦，不断弹击铺在大木案上的羊毛，羊毛在"咚咚锵，咚咚锵，咚咚锵"的音乐声中，变得松软、均匀。这些羊毛，被他们用一根富有弹性的枝条挑到用竹子结成的帘子上，慢慢卷起来，洒水、搓动、理边、再平整、再搓动。两天后，一张结实的羊毛毡卷了起来，立在生产队的仓库里，恍如一根白玉做成的柱子。

　　二位老伯做毡时，神情轻松愉快，显得轻车熟路。听说，他们俩一直是老搭档，手艺是祖上传下来的，方圆百里，过去都有他们和他们的长辈做成的羊毛毡。他们弹动弓上的弦时，围观的娃娃伙儿随着节奏喊："咚咚锵，咚咚锵，扯上三两羊毛我揣上；咚咚锵，咚咚锵，扯上三两羊毛我揣上。"两位老伯不知听见还是没有听见，只是微笑着。据说，做这个行当的，可以私下揣一点羊毛回家，可我们却未能亲眼证实。倒是那些飞浮在半空的细毛，雾一样飘动，最后落了下来，染白了二位老伯的头发，染白了他们的衣服。就连守在一旁的娃娃身上也是一层淡白。

八十年代初期，家家户户终于有了自己的羊只，二位老伯也就成了大家公认的最为尊贵的客人，经常有人请他们去擀毡，拿当时乡亲们认为最好的食物招待他们。这时，我已经上初中，听说，二位老人在一家擀毡，吃晚饭时，一位老伯问主家："啥饭？"东家说："蛋蛋。"老伯说："蛋蛋啊！那就吃半碗行了。"吃完半碗，说："再勺半碗来。"结果一连吃了四半碗。原来，我们这里把饺子也称蛋蛋，老伯以为是平常吃的玉米面疙瘩蛋蛋了。于是，他们的形象就丰富了起来。每有人说起"咚咚锵，咚咚锵，扯上三两羊毛我揣上"这句童谣时，两位老伯开怀大笑，说："那时节穷，手艺人再图不上个啥呀。"

他们出门时，将一身绒白抖落下来。抖落的不是羊毛，是清白。

/ 山村药典

　　从来是孩子哭丧着脸求大人，很少有大人求小孩子的。

　　我刚从村学大门里偷跑出来，就被人挡住了去路，看着挡住去路的女人，实在想不起她是谁的母亲。其实，我心里开始害怕了起来，在山村，大人们对逃学的孩子都不会太客气，一般会牵住胳膊送往学校。如果是我的母亲，还会叮咛老师："打，你打上一顿，他就听话了。"我正想往学校回返时，她说："过来，过来，你给我帮个忙。"我虽然疑惑，但不再害怕。

　　一个孩子，能帮什么？她从怀里掏出一只搪瓷缸子，递了过来："尿，往里面尿。"哪有往缸子里小便的。不明就里的我，吓得快要哭了。幸亏她解释说，用娃娃的尿做药引子，不会有事儿的，我才放下心来，接过缸子，背过身去，完成了她交代的任务。如果真做药引子，那么，我肯定做了件好事，内心便有些自豪。

这类事，回家必须告诉大人，也就知道了事情的原委。

村庄的四周尽是山峦，这是村庄之所以叫作山村的主要原因。大多数粮田也在山上。夏收结束，翻耕土地紧接着开始。小灵的父亲和平时一样吆着一对驴上山。在山村，几乎每个把犁的好手都有自己固定的牲畜，互相熟悉气息，使唤起来顺手。大晌午时，人困驴乏，同在一片地里的人们都停了下来，想抽个旱烟小憩一下。一只受惊的兔子窜了出来。兔子不少，经常乱窜，人司空见惯，驴子也习以为常。问题是，诸事皆有意外，受到惊吓的兔子惊吓了平时十分镇定的驴，驴往前跑了几步，就把小灵父亲扯下了地埂子。表面上看，小灵父亲没有什么擦伤，可人就是昏昏沉沉的。有经验的老者认为，没有外伤，意味着有内伤，五脏正在发炎，需想法去火清毒。依照老办法，得收集些童子尿，每天三次给他灌进肚去。实在不知道，小灵的父亲是怎样喝下那东西的，想必味道一定不如橙子粉调出的凉开水好喝。

兄长们对尿能治病半信半疑，我当然根本不挂在心上。我好几次从高处跌落下去过，依稀记得有年仲春，我去采摘长在悬崖边的榆钱时，如同一片树叶跌落了下去。醒来时，我已经躺在炕上，头疼得厉害，模糊地看见地上站了好几位山村的年长者，母亲坐在炕沿上，一脸愁苦。我听见有人说，多躺两天就恢复了。隐约知道，我已经昏迷一整天了。母亲用勺子喂我喝药，味道甜中带着酸，并且还有一股臊味，我咽了下去。没有问那是什么药，孩子是不会问这个问题的，问了也是白问。等我又能背起书包去学校时，兄长嘲笑我，说我一直喝他们的尿。我自然内心很是不服，回去问母亲，她说这是真的，只不过在里面兑了蜂蜜。从此知道，童子尿是一味药，具有清热败火的功效。不知这类药方是否有记载，但我确信它们真的存在。

苋麻（互生齿形叶，叶面有小刺，含毒，嫩叶可食）是野生植物之一，喜欢在背阴处生活，那些潮湿并且荒草茂密的低洼处经常会看到它们的身影，见不得人似的。我家院前不大的园子里，一棵杏树下竟然长了好大一蓬苋麻，当然，这是上树摘杏子滑落下来，踩到它们的身体时才发现的。一屁股坐下去，穿开裆裤的孩子马上惊叫了起来，接着哭声不断。疼痛，屁股已经一片红肿。听到孩子的哭声，大人很快扑了过来，一把抱起，揽在怀里。止疼消肿的办法是就地取材，大人顺手撸一把鼻涕，涂抹在红肿处，效果快得惊人。我到现在仍然想不通，那黏糊糊、脏兮兮的东西，从药理方面讲，到底有什么奥秘。

山村里种植最广的是小麦，奇怪的是，我们难能吃上小麦面粉。每年秋，小麦上场，经打碾后，装入容量一百公斤的麻袋，冬闲时，把它们装到架子上，送到公社的粮仓里。能填补日子拮据的，是种在山坡上的糜谷、洋芋，还有漫在山坡上的野菜。糜谷是好东西，可以碾制出黄澄澄的小米，但为了充饥，我们不这样做。我们家和其他人家一样，会用石磨把糜谷连糠带米研磨成灰色的面粉，用它甩沫糊喝。带糠的糜谷面涩，加上里面和了不少野菜，就不易消化，经常造成"积食"。积食的症状是腹胀、打嗝、便干。这种病因口粮问题而普遍存在，赤脚医生的药品"食母生""酵母片"往往供不应求。

所有的粮食都是大地的赐予，没有人会浪费它。小麦收割时，地里难免会落下没有收拾到一块儿的"乱秆"，也会抖落些颗粒。尤其是码放在地里的麦捆收上场时，地上会落下一层粮食，它们因为雷雨天气已经发芽，将它们收拾回家，也是令人充满食欲的口粮，孩子们不会嫌弃，都能用耙子将它们颗粒归仓。晒干，可能不足一脸盆，但这已经够可观了。照样，在一个夜晚，借着月光，石磨吱吱哼哼地响过，面粉就被带回家。"芽面"能做什么呢？最好的办法是把它们像熬制稀饭一样，做成粥吃。锅里的"芽面糊糊"冒着热气，一股香甜在院子里弥漫。奇怪的是，糊糊的颜色不是白色的，而是暗红色的，糖的含量不低。这是一种美食，神秘之处在于，除了能填充饥饿的肚皮，最重要的是有治疗消化不良的作用。这，正是麦芽的药用之处。

在山村，生长有许多药材，诸如车前子、蒲公英、茯苓、冬花、益母草、地骨皮、苍术、刺蓟、何首乌等等。这些东西，只有年长的老汉，特别是连路都走不稳的老太太才懂最合适的用法。谁都不会去查究为什么他们会掌握这些简单而普通的民间偏方。那些年直至现在，我的母亲竟然令我惊奇地使用了不少偏方，我方明白，除了传承，便是生活上的经验。

哮喘、咳嗽，是山村的常见疾病，秋冬、冬春换季时节更为严重。我们弟兄小时也难以避免，咳嗽起来，脸色通红，心肺要咳出来似的，很是痛苦。我知道有两种办法抑制它们。一种是大蒜。中午点火做饭时，母亲会把几瓣蒜扔进灶膛，一小会儿后，从火里扒拉出来，喊我们趁热吃掉。烧熟的大蒜没有了辛辣味，甚至有一丝甜，水分已经烧干，虚嘟嘟的，就是有些烫口。据说，烧熟的大蒜趁热吃下去，对抑制哮喘有很好的作用。另一种办法，母亲会做些药丸子给我们吃。白天，工余时把杏核打出来，晚上，煤油灯下，用缝衣针挑起杏仁，在油灯上烧熟，一个一个的，然后把有毒的杏仁尖儿掐去，放在小石臼里，加入几粒常见的花椒细心地捣碎，用作药丸子的原料。蜂蜜是不可缺少的材料，我家院子的上方住着一户刘姓人家，养了几窝蜂，每年秋天蜂蜜"铲"下后，会送给我们一罐，那蜜真正的纯天然，久放不坏。做药丸子时，母亲像取宝贝一样，挖出一点儿蜜，兑少量开水，和原料搅和在一起，捏成小丸子，摆放在洋瓷盘子里，仙丹一样。每天早晚只能服用一次，味道苦中有麻，麻中有甜，不比药店的丸子差。

熟热的大蒜的药理作用我尚不清楚，大约有宣肺化痰的作用吧。但杏仁和花椒的确有镇咳止喘功效。而蜂蜜用于药丸子，除了起黏合作用外，它本身就有润肺的功效。我的孩子小时也经常咳嗽，吃药效果不大时，母亲自然会动用杏仁和蜂蜜，做丸子给她的孙子吃。只是，商店里的蜂蜜没有山村的老蜂蜜口感好。

除了生长在山村四周的中药材，一些没有纳入中药材范畴的植物的叶子也有药用价值。比如苹果树的叶子，入秋后采摘下来，在铁锅里炕到叶面卷曲、没有水分，甚至有些焦黑时出锅，装入纸袋子保存起来，来年盛夏，用它来泡水喝，不失为一味好茶，既能解乏，又能消暑。集市上购买来新扫帚时，大家都会把新鲜且干净的竹叶摘下来，它可以泡水喝，但更多的用途是治疗眼疾。谁的眼睛干涩时，用开水冲了竹叶，将眼睛贴近，用升起的缕缕蒸气熏洗眼睛，效果很是不错。

综合起来看，山村的偏方都与清火败毒有关。在山村，一般的疾病都被认为是"上火"所致，因此，去火的良方层出不穷。

土地不老，它一直与山村相依为命。六盘山绵延千里，到我老家时，山峦一改挺拔、苍翠的气势，变得灰暗、低矮了起来，好像试图安心过日子的老人，内敛而且谦逊。但这样的环境并不平静，干旱少雨，气候温差大，常有饥馑。长期的营养不良，致使一些未成年人患上淋巴结炎。赤脚医生的办法是使用链霉素，西药见效快，大人愿意，可孩子不高兴，看到医生的针管子时，逃跑的情况时有发生。似乎好多孩子得过这个疾病，我们弟兄也不例外。一觉醒来，觉得脖子有些异常，先是腭下有个硬块，摸上去滑溜溜地动弹，然后是轻微的疼痛，咽物困难。我的母亲一开始有些紧张，趁上工的机会，向人请教了，回家后便十分镇静，一副胸有成竹的样子。晚饭后，她拿了小铲和一只大碗，到门前的小园子里去，几下将一些苋麻铲倒，然后揭开苋麻下面的表皮土层，直到看见苘麻的根。根是不用的，用的是根部的黑土，足足装了一老碗。按照从别人那里学来的方法，把土和成泥糊，喊我躺在炕上，用手抓了泥糊糊，把它抹到脖子上去。冰凉，泥土的腥味直扑鼻孔。涂抹泥浆没有次数限制，只要等脖子上的泥巴差不多失去水分干裂时，就可将它剥下，再涂抹上一层。

上学路上，哪个孩子的脖子上有一层泥巴，也不会有人嘲笑，因为，当时这种办法在山村很是流行，并且管用，苘麻根部的土沾了苘麻毒性的光，能达到以毒攻毒的效果。而又据说，不能去嘲笑一个得病的人，否则，同样的疾病会找上门来。老人们说得有理，大家都得遵守着。

土，永远有与生俱来的神奇。

老家的尘土是洁净的。六月麦黄，日光炽烈，焦土、绿草、麦香的混合味儿弥漫，纱一样笼罩着村庄。如果没有瞬发的雷阵雨，风和尘土们显得十分安详，似乎在观看着收割忙碌的人群。有时，我们弟兄也是收割队伍中的一员，当然，我们的主要任务是用耙子收拾散在地里的"乱秆"，因为我们尚不到使用镰刀的年龄。卷起的裤脚，赤裸的胳膊，常有麦虻光顾，不知不觉中，某处红肿一片，瘙痒难耐。我没有经验，倒是母亲，她往手指上吐一点唾沫，沾上地边的尘土，涂抹在红肿处，几分钟后，红肿渐消，皮肤也不再发痒。尘土的这种功用，的确屡试不爽。

这并不是母亲的发现，村庄里的人大都会这样。常和土地打交道的人们，皮肤被青草或者刀具划破是常有的事。我亲眼所见，一位中年人，大约在外地工作吧，有些面生，我们一起说着话朝山梁上走去，刃口朝外的镰刀挂在胳膊上，这样是十分危险的。当要提醒他时，他自己发现了，在他取下刀子，将刃口反着合到镰刀架扣中时，或许是不太熟练，手掌不小心被刃口割破。起初不觉得疼痛，等感到疼痛时，鲜血流了出来。他的父亲，二话没说，顺手抓起路边的面面土儿（细尘土），压在了刀口上。血很快止住了。我惊奇，炎阳炙烤下的尘土，竟然会有止血消毒的作用。当然，医生肯定是不赞成这样处理伤口的。村庄里有人头痛、牙痛时，也会用土施治。取一土块，放在灶膛里烧烤，待土块的颜色由红转黑后，取出来，放在盆子里，猛地浇上凉水，"哧——"一声，白色的蒸气和焦土味儿四处弥漫。然后，把这种水倒到碗里，沉淀后小口饮用，或者漱口，效果不比药片差。我的母亲曾经用此方治疗过牙痛。

尘土有小如芥末的细微，才使它们有了更宽泛的存在空间。可不是，许多人离开山村时，都会抓一把土陪伴远行千里——如果按照尘土的药用特性，它必然治疗的是牵念山村的心病。

/ 旧吃食

掐指算来，我离开老家已有二十多年时间了吧。但并不是一旦走出去，就不愿回去的那种人，而是一年至少回去一次。一年一次，次数不多也不少，正好可以感受不知不觉中变化着的村庄。咱们百姓的吃、住、行三件大事，吃字当先，自然，饮食变化是最大的了。那时节，我记得村庄里很少有人知道鸡精、十三香、料酒这些调味品，甚至，连食醋也没有用过，现在，这些东西都走进了寻常百姓家。因此，好多旧吃食，也逐渐被淘汰或者淡出生活。虽然如此，仍时常被人提起，比如那时用来糊口的，像煮洋芋、馓饭、搅团等等，还有那时候的节令食品，如暖锅子、炸油饼、浆水面等等。

暖锅子和炸油饼一般在过年的时候才能吃到。谁家吃暖锅儿，那真是富有的象征。锅是那种安口窑烧出的陶瓷货，呈焦灰色，用手指敲击，会发出清脆的"铮、铮"声。锅里面装些粉条儿，炸熟了的萝卜片儿，切成块的洋芋，上面苫了白花花的肥肉片，调料也不多，撒些葱花、干辣椒丝，放上几粒花椒，浇上汁就成了。但并不是家家都能装暖锅子吃，暖锅子里没有肉，清汤寡水的没有吃头。生产队只有过年时，才宰几头猪，每家按劳力，连肉带骨头最多也不过七八斤罢了。我的印象中，好东西几乎全是放着给别人吃的，很少自家能放开吃上几顿。

至今我都认为，吃暖锅子最多的是那些唱戏的人。生产队每年在正月里要社火，年前就开始排练了，有《红灯记》《智取威虎山》《白毛女》《血泪仇》《梁秋燕》等现代戏。三天年一过，白天上工，晚上唱戏，一直唱到正月二十三日，一盏悬挂在戏台口的汽灯"嗞——嗞——嗞——"地响着，白炽的光芒照亮整个村庄，明晃晃的，胜过半个月亮。实行家庭联产承包责任制后那几年，样板戏唱得少了，主要唱《十五贯》《辕门斩子》《游龟山》《火焰驹》《下河东》等古装戏，晚上唱，白天也唱，一直唱到农历二月二日龙抬头。本村子的社火队去了外村演出，外村的便被敲锣打鼓地迎进村子。他们唱到中途，一定要饯台，也就是犒赏那些戏台上辛苦的人员。几声炮响，把准备好了的暖锅儿一一从台口上递了上去。演员人在戏台上，心却在那些摆在后台的暖锅子上，有时候，草草唱几句，赶紧下去了。观众都是乡里乡亲，除了失笑，还有羡慕。我，还有二狗、毛毛，在一段时间里，最远大的理想就是长大当唱戏的。

其实，谁家当晚出个暖锅儿用来饯台，是队上摊配的任务，家家轮流，户户有份。二狗的爹曾经在陕西生活过些时间，唱得不是有板有眼，但就凭着喜欢秦腔的热情，被推举为村子里的社火头儿，虽然不是队长，却好像当了啥大官似的，喜欢把人召集到他家，商量社火演出和接待的事儿。暖锅子任务摊派遇上难度时，他用旱烟锅敲一下炕桌："多大的事吗？摊我家算了。"人都走光了，常惹得老婆对他有意见："咱娃娃都没有吃一口肉呢，我看你就都给戏子吃光了！"二狗爹瓦着脸说："啧啧啧，女人家，头发长见识短，少吃一口看能把谁馋死？还能把人给吃穷！"

通常，大些的孩子，比如我的、二狗的哥哥，他们是一小伙儿，公众场合不和我们来往，甚至连话都少说。我和二狗、毛毛几个便趴在台口，不是为看戏，纯粹是为看热闹，不，是凑热闹，因此，身上经常沾满了尘土。戏台是一米高的土台子，上面用帆布搭了个顶棚，点缀了些用彩纸扎成的花朵，简单却有喜气。馇台时，"噗噗噗"作响的暖锅子，就从我们几个的眼前晃了过去，那窜出来的香味儿和那火膛里冒出的淡淡的木炭烟一样，一时半会儿难以从眼前散开。毛毛说："最大的，最香的那个是我家的。"大家没有理由不信，因为他爸爸做生意，生活条件要好一些，便都以为毛毛吃了不少，问："香吗？"毛毛吸溜一下鼻涕，说："香，香，香得很。"说得大家都嗓门儿里痒痒的，把口水咽了下去，再咽了下去。二狗觉得很委屈，嘟囔说："我家的暖锅子也香得很，爹就是不让吃一口。"

如果唱社火，二狗爹必然会守在后台上，指手画脚地说这说那，好像离开了他，社火就不能正常唱下去似的——这是多好的差事呀，可以经常以陪客的名义，吃到暖锅子里的肉片。第二天下午演出的是《伍员逃国》。馇台罢，在后台，二狗爹指着一个暖锅儿，用筷子点着说："快尝一下，我家的。"人家揭过暖锅盖子一看，那上面的肉片已经叫人吃掉了。我和毛毛、二狗还在台口议论伍员的胡须是头发做的还是马尾做的，根本没有注意，二狗爹从台上跳了下来，指着二狗骂："你个狗日的，丢人现眼！"二狗赶紧跑，他爹在后面追，边追边骂："把人丢尽了，把人丢尽了。"孩子跑不过大人，人们不看戏，看二狗爹追打二狗。人们都看见，二狗爹抓住二狗的领口，一把扳倒在怀中，脱下一只鞋，在二狗的屁股上抽了好几下。

二狗一路哭着跑了回去，一进门就叫："娘——"

他的娘还在厨房里，赶紧走了出来，问："我娃是咋了？"二狗边哭边跟她说，抽抽搭搭的，伤心得很。她娘把二狗揽在怀里，边抚摸着头边说："我娃以后还敢偷着吃不？"二狗把头从她的怀里抽了出来，坚定地说："敢！"二狗娘也坚定地说："走，咱娘儿俩也做个暖锅子吃去。"

于是，这个下午，除了戏场上飘荡着暖锅子的香味儿，二狗家的院子里也有暖锅子的香味飘散了出来，雾一样弥漫。让人觉得，这是一个多么美好、幸福的下午啊。

那时候，和暖锅子一样，油饼也几乎是用来招待客人和亲戚的。

记得大人们常说："油饼子下肉，把福享尽。"意思是说，不能用油饼子就着肉吃，这样会把一生的福气一次享尽了，今后太穷怎么办——考虑得好像挺远，事实上，这两种好吃的东西，平素实在难得碰到一起，只有到过年的时候吧。过年时节，有条件的人家，还是没有条件的人家，都要炸油饼，但不说炸，说"捞"，捞油饼，很有些分量在里面。年三十那天，在锅里先倒上些油，不是很多，毕竟有限。油开了，把擀好的碗口大小的饼子放到锅里去，一次不能太多，三两个吧，几分钟后，炸熟了，捞出来，把油控尽。炸成的油饼，晾凉，封在面缸里，不让娃娃们吃。守夜时，拿出三两个，切成小牙，敬过先人，才散给娃娃们。封在面缸里的，主要用来招待亲戚朋友。因此，我那时特别爱走亲戚，不管山高路远。

油饼子炸得好不好，除了火候，关键在于面发酵得好不好，碱和得合适不合适。这虽然不是很难掌握的技术，但几乎家家都要撕下指头蛋大的一点面团，放到灶膛里去烧一下，然后掰开看看是碱放多了还是放少了。当然，毛毛家是个例外，毛毛娘和毛毛爹是炸油饼的行家里手，一年里，总有那么一半天数在炸油饼，烧焦了的油香，缠绕在村子里的每一丝空气里。以至于让外村人怀疑，我们村的生活是多么的盈实和富足。事实上，他家的油饼并不是自己吃的，而是拿到集市上去出售的。也不过是四五十个油饼，面发得好，虽然白面中掺加了不少黑面，但看上去酥软、厚实，加上油汪汪的，感觉有分量。一般五毛钱三个，两毛钱一个。当然，这几十个油饼中，也存在玄机，其中有几个是没有发过的，直接用热水把面调和好了下锅，看上去油汪汪的，吃起来却柔韧，有筋骨，让人的两腮发酸。这几个不是用来卖的，而是用来赌的。

从地理上看，店子镇的集市大啊，跨甘肃、宁夏两省区，连静宁、庄浪、隆德三县，接曹务、岳堡、温堡、桃山四镇。但是，那时市场刚刚开放，百废待兴，卖旧衣服、小百货和耍把戏的最多，倒腾电子表的也不少，一毛钱一大碗面片的摊子也有好几家。赌油饼子的人不多，只有两个，一个是集市上的老住户，一身黄衣服，戴副墨镜，一副走南闯北的样子。一个就是毛毛的爹。这两个人各占着市场的两端，井水不犯河水。毛毛的爹看上去是实诚人，头上捂着个蓝帽子，檐都断成几截儿了，还舍不得取下来扔掉。毛毛爹喊："油饼，哎，油饼子。"前一句的那个"饼"字悠长，最后一句"子"落地有声，抑扬顿挫，一点没有拖泥带水的感觉。那时我们在镇中学上初中，在放学的路上，如果不唱歌，我们也就喊"油饼，哎，油饼子"。

学校距家约五公里路程，中午一般不回家去。如果逢集，那就更不回家去，三五个人勾肩搭背的，扯上毛毛去市场，偶尔捡大人们扔掉的香烟头。当然，主要是躲在一边看毛毛爹卖油饼。说是躲藏，其实不然，一边装出一副怕他责备的样子，一边尽量还要让他看见。毛毛爹把一根缝衣服用的细线从油饼中间的眼中穿过去，提了起来，冲着周边的人，压低了声音喊："嘿，嘿，谁想赌一个油饼子吃？"

赌博看来在任何时候都不能成为正当职业。有人站出来，也压低声音问："咋个耍法？"

毛毛爹用大拇指和小拇指捏住那根线，提起油饼，举过头颅，说："谁要是这样提着油饼，不用另一只手帮忙，把油饼吃完，这个油饼算是白吃了。油饼子没有吃完，两个手指捏不住线了，就算输。"

"那输了呢？""输了掏五毛钱就行了。"

我们都觉得奇怪，怎么好几个人还没有吃完油饼，线就从两个手指间掉了下来呢？看着几个人掏出五毛钱，很不情愿地交给毛毛爹，边嘟囔着走远，我们在一边兴奋得不行，鼓动毛毛向他爹要一个油饼，拿回教室试试。真是天遂人意啊，可能因为这天生意好，毛毛爹一高兴，真给了毛毛一个油饼。捧着它回到教室，我自告奋勇，从衣裳上拆下一根线，把线从油饼的眼儿中穿过去，准备叫毛毛学学打赌吃油饼的样子。这时节，人高马大的班长进来了，大声呵斥我们："做啥做啥？好的学不会，坏的怎么一学就会？没收！"那个油饼便归班长所有了。班长边走出教室，边说："我去上缴了去。"我现在想，他肯定一直跟在我们的身后。

我们老远看见，班长也捏着线一边走一边吃着那个油饼，没有一会工夫就吃完了。咦，怎么回事啊？班长怎么能很容易吃完呢？我们还没有回过神来，听见毛毛狠狠地拌着脚："油饼，哎，我的酥油饼儿呀！"

所以，所谓"面食"的"面"里，藏着不少玄机。

面有"酥面"和"死面"之分，那种没有发起来的、用热水和成的面，我们把它叫作"死面"。其实，在我的记忆中，用死面做成的饼子也很好吃，通常用来泡羊肉、泡鸡汤吃。另外，还可以泡"炝浆水"吃。"炝浆水"就是在油锅里搁上胡麻油，扔几粒花椒，待能闻得见花椒焦煳味儿时，把备好的浆水倒进去，煮沸后的汤。酸麻可口，清爽，能败火。

浆水是每家每户必备的调味品，家家都有。做法简单，把面汤晾凉，沉淀，取清的部分投到一只瓷罐里，放上几根洗净的芹菜，封口，放在适宜的温度下发酵就成。但每家做出来的味道却大不一样，有的不酸，有的有异味，甚至是那种旱臭味。谁家的最好，我没有吃过，但人人都说二狗娘做得好。二狗娘做的浆水好，面食也做得好，包括浆水面。为此我们都很羡慕二狗——他能吃上工作组吃不完的浆水面，面是白面，漂着金黄色的油花儿。

通常，在中午的时候，队长站在二狗家的院门外喊："二狗，二狗。"几乎整个村子都听得到，大家便知道工作组进村了。虽然喊的是二狗，但从大门出来的肯定是二狗娘。一般情况下，大人的名字不能直接叫出来，由孩子的名字代替。

二狗娘把头从门口探出来，口里不问，但心里已经明白。队长吩咐："三个人。浆水面，做好些。"他走了半截子路，又回过头"还有我和支书呢"。一下子又增加了俩人。

二狗娘就回去拿上一个面升子（装面用的小斗），提着一只镶着木塞子的瓶子，踮着小脚，身体前倾着，去队上的仓库，找保管领取白面和清油。阳光正好，人的影子很矮，心却走得很急。

应该说这是个好差事，队里给记工分，自家还能落下些白面和清油。这一段岁月里，吃白面是稀罕事儿，不是大过年，谁还能吃上白面清油呢。所以，村子里有好多男人责怪女人："看你的样子，连浆水面都做不好！"女人回一句："有本事，你也找一个去！"可见善于做浆水面是多么重要的本领。

如今，很少有人能把浆水做好。但是，二狗娘的浆水做得好，二狗媳妇竟然也做得好。这些年，醋、酱油等调味品在家乡已经不算稀罕的东西，虽然浆水被很多人家淘汰，但二狗家却没有，我私下揣测，可能是他家以"优质浆水"

为荣，并且要"发扬光大"吧。前年，我回老家，二狗叫我这个老同学去他家，吃了些炒菜，喝了几杯酒，二狗问我："吃些啥汤面？"我还没有考虑好，他就给老婆吩咐："下几碗浆水面。"我总算吃上他家的浆水面了。那种味儿，我咂巴了几次嘴，感觉不一样，就是不一样，但说不上来。他媳妇站在地上，浅笑着问："能吃惯吗？"我说："好，好，就是好。"

我们便建议二狗两口子到城里开个店，店名就叫"二狗浆水面"。

/ 谚语片段

萝卜：一拌萝卜二拌肉，三拌萝卜吃不够

萝卜这类蔬菜，并不像其他农作物一样，大片大片地种，一般种在洋芋地里。每年春种时节，切成块儿的洋芋均匀地撒在犁沟里，在用耱把地耱平的时候，就顺便撒上些菜籽儿，其中就有萝卜籽儿。在夏季和秋季的几个月时光里，它和洋芋一起生长。

收洋芋的季节，也就是收萝卜的时候。洋芋产量上去了，萝卜的产量也肯定上去了——它们跟患难与共的弟兄一样。对于乡亲们来说，萝卜是日常生活中不可或缺的东西，除了生吃以外，还可以切成丝儿，炸熟了做包子、包饺子吃，还可以和洋芋一起，做成汤吃。收下来的萝卜太多的

话，就把它们切成片儿，用绳子串起来，挂在院子里的杏树或梨树上，由自然的风慢慢去吹，由东起西落的太阳去晒。每到这个季节，家家的院子里都能看到挂起来的萝卜，日子一样平常。

这样被挂着风干了的萝卜干，叫作"干吊菜"，到了没有青菜可吃的时候，泡软、煮熟了吃。每年的正月二十三日这天，是专门吃干萝卜的日子。把煮熟了的萝卜片切成细条儿，用油、醋、盐、蒜或辣椒拌了，吃起来很是可口。传说，这一天，天上专管农耕的神会到人间巡视，看见人们吃这种东西，定然心生怜悯，就会把福降给人间。原来，这么一个日常的生活细节，也饱含着一个朴素的心愿。

山坡地一般用来种洋芋这类耐干旱、易生长的粮食。在我的村庄，有一个叫羊路咀的地方，种了很多洋芋。春季里如果雨水好，夏天时不要大旱，刚入秋有一场透雨，洋芋的长势会特别的好，夹杂在中间的那些白菜、萝卜也就长得好。收麦时节，洋芋还长在地里，但萝卜淡绿色的顶儿已经顶出地面，不甘心被埋在地里似的。这极具诱人的颜色，加上经验的胃口，它们就成了被享用的对象。

二十几年前，收麦时节，差不多正好赶上暑期，我和哥哥就去收割过的麦田里捡麦穗。这是个吃萝卜的好机会。钻进地里，撩起齿形的叶子，把手使劲插进土里，试探萝卜的大小，如果个儿大，且是绿顶的，不但嫩，且辣中带着甜。拔出来后，用叶子擦掉上面的泥土，就能闻到它散射着的香味儿。用刀切的不鲜，带有铁腥味儿，何况在野地里不可能有刀。我们办法是，找一棵不大的树，把萝卜拿好了，朝树上拌去。用一次拌开的，辣；两下拌开的，辣，且有木感；用三下拌开的，味儿独特，既鲜且嫩。

杏儿：桃饱杏殇，李子吃多撑得慌

西北的春天来得晚些。三月时，桃花、杏花、梨花相继绽放，山野也变绿了，"桃花开，杏花绽，急得梨花把脚跺"，一派热闹景象。人们的眼前全是粉的，白的，绿的。春季过后，花瓣儿雨一样凋谢，原来开过花儿的树枝上，挑着个豌豆大小的绿颗粒儿。

我家的屋后有座山，山腰上，长满了桃树，山顶上，长满杏树，开花时节，除了一抬头就可以看见一坡粉红外，一吸鼻子还可以闻见花粉的芳香。最引人关注的是杏树，而那大片大片的桃树的果实却是不能吃的，它们是山毛桃，皮薄核大，专供药用。杏树刚挂上果子时，鸟雀们也喜欢光顾，用尖而长的嘴去啄那点绿豆儿，很让人心疼和恼怒。

因为离家近，小小的我，常在傍晚时分，悄悄地顺着雨水冲刷出的水渠，蹿上山去，只要钻进林子，就可以放心大胆地做该做的事了。摘下来的小小的杏子，放进口里一咬，"噗"的一下，全是一包带有甜味儿的水。杏子一天天长大，叶子也一天天稠密，它们隐藏在叶子里面，不仔细看，难以找到。成熟时节，倒是不用花费这些力气的，因为一些熟透了的杏子会从树上掉下来，滚到我家院子里来。

我家门前朝北几十米的叫瓦窑坪的地方，有两棵高大的杏树，挂上果后，我们一群娃娃，常常拿土块往树上打。偶尔没有打下来杏子，却打中了谁的脑袋——受害者的家长绝不容这样的事，免不了双方家庭要对骂一阵子的。打下的杏子，随便在衣服上蹭几下，就往口里塞。虽然酸得直往口里吸气，但还是百吃不厌。往往因吃得太多，牙被酸倒了，回家吃饭，牙全没有了力气似的，合不到一块儿。

杏子好吃，但吃多了伤身体。村子里有好几个和我差不多大的娃娃，因吃杏子过多，每天连饭菜都吃不下，面黄肌瘦，十分可怜。而正好，一位妇女，胃痛得厉害，送到医院后确诊为急性胃溃疡，大夫打开她的胃，大吃一惊：里面还有囫囵半块的杏子。家里的大人们说："宁吃鲜桃一口，也不吃蔫杏一背篓。"坚决反对我们兄弟姐妹们吃杏子。

长大后，鲜桃吃了不少，李子也偶尔吃一些，杏子却是很少吃的。

上树：上树好下树难，擦了肚皮缓三年

现在想，我当时爬树有两种目的：一是为了取物，二是为了游戏。

有时，上树是为了它上面的一根枯枝，那可是能当作柴火用的东西。妈妈从地里收工回家时，手里总握着几根干枯的树枝，虽然是几根，积攒起来，就能烧几顿饭。妈妈叮咛说："见了柴火，捡回来，家从细处有呢。"可是，我不是捡，而是上树去取。那棵树上，一根指头粗的枯枝，任风吹打，就是不掉下来，我等着，还不如爬上树去，把它取下来。

有时，是为了捉一只鸟。上学路上，一只鸟在枝头间跳来跳去，你大声喊叫它不飞走，你把鞋子、帽子、书包扔上去，它仍然不走，于是，便以为它是不会飞走的了。同伴们围着树看，我便往树上爬去。爬上去了，正得意呢，它却像故意跟你开玩笑似的，"啾啾"地叫几声，扇动翅膀扑棱棱地飞走了。

我们还去摘杏子，不是公开的，而是偷偷地。傍晚时分，提上笼子，到山上去，除了可以在雨水吹成的小沟里捡到那些被风摇落的杏子外，还可以爬到树上去，既可以摘下一些鲜杏子，还可以捋下一些树叶——这是猪极爱吃的东西，有一股甜*丝丝*的味儿。

　　在树上爬上爬下，衣裤往往撕扯得不像样子，但鞋却是完好的。并不是保护鞋，而是上树时，穿上鞋一定影响上树的速度，便把它脱了下来，扔在了一边。树好上，却难下，往往擦伤腿上的皮肤，血都渗了出来，却不觉得痛。回家，妈妈质问："又打架了？"我边躲着妈妈的目光，边说："没有，是义务劳动弄的。"劳动真光荣。

　　爬树并不是小孩子的专利，大人们也上树。生产劳动之余，十几个人，甚至几十个人，男人，女人，围着一棵大而高的树，打赌谁上树的速度最快，并且没有擦伤。好胜的男人们，在起哄中抹胳膊、挽袖子。上树的时候是很容易的，他们两手抱紧树干，双脚夹紧树干，"噌噌噌"几下就上去了。但下来时却难得多，因为大人体重，身体下坠着，要掉下去似的。他们为了抢时间，有时干脆从树上溜了下来。因此，擦伤的事时有发生。有一个大人，下树时擦伤了肚皮，好几天没有参加生产劳动，好多天里，他见了男男女女，都是羞惭的神情。

大家都知道，我后来不爬树了，其原因并不是怕擦伤。那年初夏时节，柳树的枝条十分茂密。捉迷藏时，我独出心裁，爬上树去，躲进枝条中。果然，谁也不容易找见我，包括妈妈。我在树上睡着了。醒来后，透过枝条和树叶，看见星星一闪一闪的。我其实是被嘈杂的声音吵醒的，其中就有妈妈揪心的呼唤声："新立——新立——"

地软儿：天转转地转转，羊粪变成地软软

地软儿是一种可以食用的菌类，样子像木耳。这种东西，可能生长于夏天，但夏天却找不到踪影。

太阳照不到的阴洼地带，或潮湿的水沟边，都是人们不太愿意去的地方，草也就长得繁茂一些。绵羊却最爱光顾这些不但凉爽，而且食物充足的地方。于是，沟坡和阴洼地带，就成了它们的最佳觅食去处。他们在这里吃草，在这里休息反刍，也在这里拉撒。

秋去冬来，一场霜弑败了所有的青草，这些原来昂着头颅的家伙，俘虏似的心甘情愿地等着冬眠。一场雪飘然而至，苦住了枯草，夏天繁华的痕迹荡然无存。雪的水，滋润

着干枯的草和土地。

初春时节，我们要到山上去捡柴草，准备正月二十三日这天的燎疳所需。老家北边的小湾儿梁上，有块叫"刀把儿"的地，是必然要去的地方，那里有几个大的坟区，坟地里长满了野草和山棘。夏天时，绵羊钻进去，只看见一个白白的背，慢慢晃动。而现在，春天冰雪消融时分，捡柴草时，却意外地看见被雪水泡涨的地软儿。太多了，它们，黑乎乎的，粘在地皮上。捡回去，泡在水里，有的足有巴掌大。洗净了做包子吃，是十分奢侈的美食。现在，它们走上了城里饭店的餐桌，听说，一斤好几十元呢。

我曾经就地软儿的来历问过一些大人，想写一篇作文，但他们都说不上，便写了一座小桥。倒是我的曾祖母——父亲的堂奶奶，她已经去世多年了，曾对我说："天转转，地转转，羊粪变个地软软。"我知道并不是这回事，但觉得这个说法很有趣，起码解释了食物与肥料的关系。

/ 洗 澡

排除洗澡所引申出的寓意，真正要洗一次澡，需要水！

而六盘山下农村老家的语库里，没有"洗澡"这个词。

少雨缺水，是我们的常态生活。几十年里，年长的老人们坚持找水直至终老。瓦窑坪里的涝坝如果没有雨水，就一直干涸着，甚至连野草都不愿意在里面扎根生长。由此我揣测，瓦窑之所以被废弃，必然与缺水有关。有一年，生产队队长召集了几位富有经验的年老者，商量打井大事，他们熟悉村庄里的每一寸土地，经过再次勘察，在星空初上时分，他们端一碗水出去，倒在了瓦窑坪蓄水坝附近的土窝里。如果，如果在第二天发现这里尚有积水，证明这里水位浅，或许可以打出水来。十分幸运，日头升起，土窝儿里还很潮湿，希望使他们挂满皱纹的脸舒展了许多。

半夜里，人间沉睡，声音藏匿，很少有人听见几串脚步匆匆踏过。这几位老人手里持了香裱，端了茶水，悄悄来到土窝儿那里，焚香奠茶，三跪九叩，完成了祈求龙王出水的基本仪式。第二天，几位青壮年开始在这里施工打井。

井越打越深，土越来越潮湿。十四五丈后，沙土终于露面，但它们被挤成团，也滴不出几点水来。人们先是虚掩了井口，期盼奇迹出现，最后，为了安全又把它填实。岁月会抹平一切记忆中的东西，谁还能记起那个地方有过一眼不出水的井呢。

没有"洗澡"这个词，不等于没有这个概念。

春播夏收时节，院落尚在晨雾包裹之中，后院的公鸡还丢着盹儿，我们非常熟悉的"天明鸟"就站在院外的树枝间叫了起来，那一串响铃般的声音，除了唤醒，还说明今天又是一个好天气，劳力们都得赶紧起来，按头天晚上广播里的安排出工。当太阳湿漉漉地从东山爬上来时，孩子们才走在上学的路上，而大人们的额头已经沁满了汗水。日头越来越毒，汗水越流越多。有经验的庄稼人用衣物把自己包裹得严严实实，拒绝烧烤的同时，防止身体内的水分流失。山上的风是细的，听不见，却有力道。山上的尘土是细的，看不见，却无处不在。它们无孔不入，就像一对精诚合作的弟兄，细风悄无声息地将尘土送到人们的身上。人们散工回家，出过汗的身体上像是包了一层黏糊糊的浆。

大人们说："抹一把吧。"抹一把，意思是说洗一下身体，相当于洗一次澡。

"抹一把"其实相当简单，不过是在盆子里倒上水，在毛巾上打上"洋碱"擦把脸，擦脸的同时将毛巾从头上划过，也算是洗了个头。如果有条件，顺便把上身也擦一下。

母亲上工前，会进入厨房，给洋瓷脸盆里盛上些凉水，放在屋前的台阶上然后出门。这是多么好的天气啊，正如我们作文里经常描述的那样，"万里天空无云，艳阳高照"。有暖阳烤晒，中午或者傍晚散工回家，盆子里的水温度正好。它，就可以供大人们抹一把。

盆里的水是不会浪费的，如果不是太脏，会摆在院子里，从田野回来的人都会或多或少捞上几把。那半盆水，如果沉淀到天亮，盆底会有一层厚厚的泥。

村庄里生活用水全靠泉水。泉水，对，泉水。在外人听来，能饮用上清冽甘美的泉水那可是人间幸福，但在我的村庄却不是。村庄的南边，有条深四五丈的大沟，一条一米宽的道路几乎竖立着穿到沟底。这里的四眼泉水是队里所有牲畜的饮用水源，中午女人们要去这里洗衣服。仅有一眼泉水是村庄几百人的生活用水源。去沟里挑一担水，至少得二十分钟时间，但这不是问题，问题是泉水经常随季节而干涸，有时，早上去得迟了，就连泥糊汤也挑不回来。

水是奢侈的。如果遇星期天或者放假在家，母亲上工前，少不了吩咐我们弟兄："好好看着家。"家里能有什么？不过是半袋面，不过是两桶水。因为打算约上伙伴出去玩耍，我们便有些不情愿，小声嘟囔："家里有啥？还得照看着！"母亲听见了，回头说："水。水值钱着呢。"

好吧，"春雨贵如油"，那"桶水贵如金"吧。

我多次想，大人们肯定想痛痛快快地洗一下澡，但紧张的生产劳动给予他们的机会不多，有限的资源给予他们的希望也不多。但孩子们有。

炎夏与初秋，雷雨多发。片刻之间，山上的水流进村庄，村庄再把它们排到沟里。自然界也懂得互助，雨水给村庄洗澡后，村庄焕然一新。雨过天晴之后，我们会约伙伴们去沟里，或者到村庄任何一个可以蓄水的排水渠边。我们用带来的铁锨就近取土，很快架起一道土塄，把雨水闸起来。然后脱掉鞋子和裤子，跳到水里打闹。雨水十分冰凉，大人们再三强调这样容易得病，但为了快乐我们会忘记叮咛。这种打闹，只是图一时的愉快罢了。

真正意义上的洗澡，小些的孩子得跟着大哥哥们去。他们不会在雨后洗澡，而是在天气晴朗的中午到村南的沟里去。沟里的流水虽然不大，却清澈许多，他们会用铁锨就着地势把水截起来，耐心地等待着流水积满小坝。然后，仍然是等待，等待小坝里的水被太阳晒热，再三两下脱掉衣服下水。大哥哥们不像我们小孩子打闹，他们在水里泡着，有时会狗刨似的游动几下，有时会仰躺着而不沉下去。我们这些小孩子十分羡慕，在征得他们同意后，终于也能下水。我下水后，比我长七岁的大哥把我揽在怀里，从我头上开始，用水浇遍全身，搓遍全身。据说，像这样洗上一回，等于动物蜕掉一层皮，人就长大几分。

在艰难条件下，没有谁会不感谢这份大自然的馈赠。

只是，孩子们也罢，大人们也罢，从来不把这种行为叫"洗澡"，习惯上，我们把它叫"耍水"。想起来，与柔软的水嬉戏，多了份温暖，多了份亲切，多了份旧时光的绵长。

而在村庄，老人们说："人这一辈子，其实只洗过两次身。"

起初，我真的不懂其中道理，后来，慢慢地明白了过来。

凌晨，一声啼哭音乐般划过，星光跳跃，夜幔褪去。太阳升起时，整个村庄都知道年前村庄新娶来的媳妇儿生产了。这个名字叫"秀"的女人，脸膛上风雪咬噬后留下的红色疤痕十分清晰，她身体壮实，一个人能扛起二百斤的麻袋。就在昨天，还挺着肚子，和平时一样参加劳动呢，夜里说生就生了，并且生得十分顺利。听说，赤脚医生赶到时，她已经老接生婆之手，把一切处理得妥妥当当了。村庄里几乎所有的孩子都是接生婆看着出生的，接生婆最有资格炫耀自己的成果。她骄傲地说，秀儿这娃身体好，羊水足啊。

"羊水足啊"，仿佛有回音一般。

羊水，是村庄的人们生命里的第一次洗浴，它是母亲给予的。

那么，还有一次，应该是人对他人怀着感恩和祈祷所给予的。

村庄里，辈分最高的是七爷，我们见他喊七爷，大人们见了他称七爸（伯）。七爷年龄最长，他不用去上工，他的两个儿子就是村庄的好劳力。他喜欢靠在院门口看学生放学从他家门前经过，学生娃娃喜欢看他笑眯眯的眼睛和下巴上的一撮白胡须。他喜欢下雨落雪的日子里，闲在家里的人们到他家里来熬罐罐茶，还拿出本就不多的糜面馍馍招呼大家。过年，那是整个村庄最为欢娱的日子，"有钱没钱，割二两肉过年"，好多人家还要舍尽一年的辛劳，蒸些白面馒头，家境更好些的还炸些油饼儿。七爷是受过大苦的人，他不愿意就着油饼子吃炒肉菜，觉得那就是将福享过了头。时至今日，"油饼子下肉，享受到头"，仍然是村庄里关于节约的经典语录。

又是几声哭，散射到村庄的黑夜里，狗叫了，人喊了，急促的脚步声一串接着一串。睡在土炕上的人都知道，这几声哭泣相当于信号发射，是七爷的子女告诉大家七爷去世了，需要人们前来帮助料理后事。这是村庄几百年流传下来的习惯。

为辞世者穿上老衣前，村庄里的德高望重者与孝子们要共同完成一道礼俗：净身。一只花边白瓷大碗洗得干干净净，摆放在土炕的一侧，穿了孝服的孝子打开一瓶珍藏多年的烧酒，倒进大碗里——若是没有酒，只能用净水代替。瞬间，昏暗的室内酒香笼罩，大千世界混混沌沌。再取出一团没有使用过的棉花，放进碗里，任由烧酒浸透，然后，年长者拿出棉花，从头开始，一直到腿根处，为七爷擦拭一遍。仪式庄重而神秘，我不知道他们是否口里念念有词，但明白肯定是让七爷褪去人间污垢，洗尽生活烦忧。最后人们为他穿好衣服，好了，您老人家干干净净地上路吧。

后来，我的父亲去世，我们用酒为他做最后的洗浴时，突然觉得这也是他以身体和人间粮食做最后的诀别。

/ 村庄歌唱

院落、树木、鸟雀，是村庄的物质构成，而歌唱，应该和袅袅炊烟一样，是村庄存在的真正标志。从我的西北老家穿行而过，就会深刻地体会到，那些朴素的、真诚的声音，就像空气、雨露一样，滋润和丰富着村庄的日子。

歌为心声，不分四季。农历三月，江南莺飞草长、山清水秀时节，六盘山高峰之下，才从春寒料峭中疾速走了出来，山野间的、村子里的桃花、杏花、梨花渐次开放，那粉的、白的、淡绿的色彩，雾一样在村庄上空飘浮。这些讯息好像告诉人们，该办庙会了。庙会是大型的祈福活动，按照习惯，唱社火是庙会活动中不可或缺的一部分。

社火，是社稷之火。乡邻们也习惯叫作野台戏，或者大社火。之所以大，是因为要唱大戏；之所以叫野台戏，是因为不在剧院一类的场所演出。社火一般由德高望重的老人出面牵头，一些爱热闹的乡亲参与操办。三秦大地是公认的秦腔发源地，陕甘宁的很多百姓都是听着秦腔长大的。我的一位远房小爷，因在陕西唱过几年戏，相对于其他人来说，在人物造型、脸谱等方面更具权威，经常被推举为社火头儿。小爷的戏唱得有板有眼，有一年，一位剧团的角儿听见他唱《下河东》里的赵匡胤，就邀请他到剧团去，小爷舍不得几亩庄稼，硬是没去。有乡亲们抬举，小爷的家就成了村子里排练社火的场所，他也就顺理成章地成了指手画脚的导演。十天半个月下来，《大登殿》《辕门斩子》《铡美案》等本戏和《虎口缘》《拾玉镯》《三娘教子》等折子戏竟然都能拿得出来了。这是乡亲们耳熟能详的戏，但他们总是百看不厌。村子有小两口，也是因为爱唱几句才结成夫妻的。那年庙会上，女子在台上悲悲凄凄唱《虎口缘》，他趴在台口傻乎乎地看，她便记下了他。社火结束了，他又在戏台后面张望，她就知道他在看她。庙会还没有结束，他就打发媒人去提亲。腊月里，他们两家就成全了这桩喜事。乡亲们都说这是真正的"虎口缘"。

戏台在庙宇的对面。临时打成的大土台子上，用胳膊粗的长椽扎起架子，再用篷布遮起来，然后挂上些花花绿绿的彩纸就行了。第一场戏，必定是手执钢鞭的"四大灵官"东打西打，说一些禳灾接福的话，紧接着是"刘海撒金钱"，也说一些四季发财的吉祥话，接下来才演戏。以前村子里没通上电，晚上演出全靠汽油灯照明，这家伙燃烧起来半个世界都是通明的，可总在演到揪动人心的时候熄灭，急得台上的没有了激情，台下的也没有了情绪。虽然如此，大家看戏的热情不减，即便是黄风土雾天气，也少有人回家。

我小时候看社火很有热情，但从来没有专心过。晚上，戏台前还没有一个人，甚至台上的灯都没有亮，就和几个伙伴儿趴在台口，等到开场，我们几个已经是浑身尘土了。这个晚上是《火焰驹》，台上的家当"哐哐才才"响起来，一个扮演武生的，摇着一根花里胡哨的鞭子，做着赶马的姿势，踏着台步三扭两摆地从后台走了出来，我们知道他是谁扮的，就在台口喊"一二一，一二一"，他就乱了台步，跟不上锣鼓的点子。这时，他故作镇静，摇着鞭子走到台口，在我们几个的头上敲一下，我们得意了好多天。

庙会是有固定的活动时间、程式和内容的，而"花儿"则自由得多。花儿分"河湟"和"泾水"两大主系，我的老家一带，是泾水花儿的传唱地。一般不叫"唱花儿"或者"喊花儿"，而是叫作"漫花儿"，这一个"漫"字，没有经过哪位文学大师的推敲，却用得十分妥帖，包括了对空间、时间、形式的自由解释。过去，多是赶脚夫为了提神驱乏漫几句，现在，乡亲们在锄田、收割、耕种、打碾的间隙，兴之所至，就可以漫上一段。一般都是年长者，拍拍手，清清嗓子，张口就来：

鸽子飞到沟埫里，

我和妹子要好呢。

鸽子飞到沟畔里，

我想妹子心乱呢。

鸽子落在牛角上，

拿妹子的手我拖上。

把手拖上心舒坦，

噙上舌头比蜜甜。

朴实安逸的山村里，能贯穿于一年四季的，还有劳动号子——夯歌。有战天斗地的劳动场面，就会有夯歌。记得上小学的那一段时光里，我除了三心二意地读书，就是去兴修水平梯田的地方听大人们的夯歌。夯，是夯实地面用的工具，每只大约有三五百公斤重，一般用石头凿成，现在多用水泥做成，呈柱形，下大上小，外面有五六个穿绳索用的铁环，顶部靠边处有一个深洞，是装木柄用的。劳动时，领夯的人握着木柄，起着号子领夯，扯着绳索的人则整齐地应和着，这样一夯下去，就有山摇地动的感觉。在我的印象中，打夯是最能体现团结协作精神的一种劳动。

打夯虽然是力气活，但要求很严格，必须是年轻力壮、心眼儿好的人。我的大叔，那时大概不到四十岁，常常被抽去领夯。一般，砸虚土时，用的是慢夯号子。他起个头唱一句，大家"哎哎嗨夯呀"应和着。在极具节奏的夯起夯落的过程中，那些土地被夯实夯平。慢夯调子相对悠闲，只要配合好了，大家还可以边劳动边看一眼天上的白云和叽叽喳喳的麻雀。

绳子要扯匀（哎哎嗨夯呀），

力量要集中（哎哎嗨夯呀）。

号子要调上（哎哎嗨夯呀），

夯花要套上（哎哎嗨夯呀）。

说抬一起抬（哎哎嗨夯呀），

说落一起落（哎哎嗨夯呀）。

夯是公道佬（哎哎嗨夯呀），

谁奸把谁捣（哎哎嗨夯呀）。

有时，也用快夯调子，比如砸地边。快夯调子节奏较快，紧张急促，调子没有了慢夯的悠扬，应和声也去掉了拖得长长的尾音，几乎像说话一样。劳动过程中，大家的眼睛都紧盯着一起一落的石夯，生怕它跑了似的。

打一夯啊（嗨哟），

连一夯啊（嗨哟）。

向前走啊（嗨哟），

一条线啊（嗨哟）。

齐心干啊（嗨哟），

夯得实啊（嗨哟）。

事实上，对于村庄来说，最热闹的歌唱是在正月里。在土地上忙碌了近一年的乡亲们，这一月才是他们真正意义上的假日。进入腊月，确切地说，到了"腊月八"，乡亲们就开始准备正月里的娱乐活动了。腊月初八这一天，家家户户都要吃"糊心饭"。这种糊状的叫作馓饭或搅团的饭，大多用荞麦面做成，蘸上油泼蒜调成的汤汁，十分好吃。这是祖祖辈辈流传下来的习惯，说是吃了糊心饭，人们明亮的心就变糊涂了，可以把庄稼、心事都放了下来，一门心思用在闹正月上。

马社火是最传统、最古老的演出形式。这个源于游牧民族、衍生于秦腔、在马背上演出的剧种，在大西北华夏子孙的家谱翻过了一页又一页后，仍然生生不息地在大地上疯长着。这是一个只演不唱的剧种。根据戏剧人物，打上花脸，穿上服装，拿上道具，骑在马背上，做一个造型就行了。马社火装扮起来，先要在村子里的麦场上演练一两天，马蹄踢踢踏踏，马铃叮叮当当，锣鼓铿铿锵锵，场面十分壮观。我小的时候，过年最喜欢的事就是和哥哥站在家门口等着看马社火。那排着长队、威风八面的马队走过来的时候，我们的那种兴奋在今天也是很难找出词汇来形容的。

会看的看门道，不会看的看热闹。像我们这些孩子，不懂装懂，你一句他一言的，对戏中人物乱猜。旁边的大人便会告诉我们，马社火的意思不简单啊，前面的灵官寓意平安吉祥，红脸关公寓意忠诚团结。大人们还说，那个人物是《白蛇传》中的"盗仙草"，那个是《金沙滩》中的杨家将，那个是《五典坡》中的薛平贵。马社火，几个人物就是一台戏，演绎了人间万年千年的精华，艺术地呈现着人们祈平安求赐福的生活追求。

　　与马社火相比，"地摊子"则算得上是最原生态的说唱艺术。我的那位远房小爷，一边张罗着排练马社火，一边准备迎接地摊子。地摊子因为唱的不是"腔"，是曲子、小调，因此就归入杂耍一类。由于规模小，程式简单，不需要戏台，随便找一块地方就可以耍起来，深受乡亲们的欢迎。村子里因为忙着马社火，搞不了，就请外村的来耍。耍地摊子的时间都在晚上，地点一般设在村子里摆放砖瓦用的瓦窑坪上，近两亩大的地，平坦而开阔。下午三四点钟，大人们拿着扫帚、铁锨去打扫卫生，孩子们也来凑热闹，偶尔还从大人手中接过扫帚，胡乱划拉几下。天刚黑下来，乡亲们就迫不及待地打着鼓、敲着钹，到村口迎接外村的地摊子。

　　地摊子没有马社火队的那种庞大阵势，小锣小鼓的，都不太响。也不知从哪儿拾掇来了一把淘汰的军号，听见我们村子迎接的鼓声后，就"吱吱呜呜"吹了起来，声音很脆、很响，箭一样，富有冲击力。其实，这种迎接的方式源自古代迎接军队凯旋的仪式，那军号声，是在告知我们他们和村子的距离。我那时对军号十分好奇，不就是绕了几个圈儿的铜管嘛，怎么会发出声音来呢？为此，几个小伙伴们给号手大献殷勤，一会儿端开水，一会儿找火柴点烟，才换得了可以拿过军号摸摸试试的机会。轮到我拿过军号时，才知道这家伙沉甸甸的，有些分量，便鼓着腮帮子，努着嘴，睁得眼珠子都快出来了，可就是没有吹响它。

地摊子的行头不多，各自的家当、服装各自带着，很是简单。乐器一般是二胡、板胡和笛子，这些乐器看起来简单，可一齐吹拉起来，曲子十分好听。演员在来之前已经化好妆了，他们到了瓦窑坪上，把宽大的戏服往身上一套，算是一切就绪，只等着开场了。演之前，我那小爷在地上划了一个大大的圆圈，就分出了演与看的界线。那根白天栽好的高高的杆子上，挂着两三盏罩着玻璃的灯笼，点燃后，场子里一下子明亮了起来。孩子们总缺少耐心，还没有开场，就窜来窜去的，惹得大人们烦，他们就挥着手说："去去去，走远点耍去。"真的走远了，却又碰上谈情说爱的男女，他们也说："去去去，远处耍去。"

开场时，有一个挂着一嘴胡须的，不知是什么人物，摇着一把羽扇，穿着一身蓝袍，先在桌子上的香炉里燃起几炷香后，说道："头戴素珠八宝妆，争福争寿免祸殃。香炉飘出三股烟，风调雨顺太平年。"他每说一句，小鼓小钹就"嚓嚓、嚓嚓"响几下。接下来才正式演唱。场子中央的道具是一根一米高的桩子，桩子顶端坐着个斗形的箱子，箱子四周罩着玻璃，也点着个灯，箱子的四个角子上还挑着一串用纸扎成的五颜六色的花。这个道具名字叫"花灯"，演出的节目叫《十五观灯》。二胡、板胡先拉上一段曲子后，一男一女手里摇着折扇，扭着十字步，从围观的人群中走了出来。一问一答地唱道：

> 正月十五灯花开，
> 叫一声妹妹观灯来。
> 观了头灯观二灯，
> 盏盏彩灯观分明。
> 一盏灯，什么灯？
> 月明路上吕洞宾。
> ……
> 十盏灯，什么灯？
> 王祥卧冰孝娘亲。

他们边唱边围着场子道具转，就好像在某条繁华的街上美美地看了一会花灯，并且还能叫得上花灯的名字。紧接着是合唱的曲子，七八个女娃娃，也摇着折扇，边扭边唱，声音高过了器乐声。"一唱祝英台，鸳鸯戏水来。二唱祝英台，蜜蜂采花来。三唱祝英台，山伯配英台。"这个曲子叫《十唱祝英台》，是乡亲们十分喜欢的情爱故事。她们低着头认真地唱着，拉二胡、板胡的在每句后"帮腔"，唱"伊儿呀"或"伊呀伊儿哟"，使这简单的曲子多了份动人的神韵。村子里的几位行家，也跟着帮腔，样子很是投入。地摊子一直会耍到十一二点钟才罢，而乡亲们也就在这种虚拟的场景中享受着快乐，不知不觉中认可了曲子所演绎的故事。

我一直固执地认为，这些源自乡亲们心底的声音，是村庄的非物质构成部分，是老家苦乐年华的交响乐。他们爱它，就像爱自己的孩子，他们对它所付出的，就像对土地所付出的。它很重要，是乡亲们的精神食粮。